상
냥
한

폭
력
의

시
대

정이현 소설집

상냥한 폭력의 시대

초판　1쇄 발행 2016년 10월 10일
초판 15쇄 발행 2023년 5월 30일

지은이　정이현
펴낸이　이광호
펴낸곳　㈜문학과지성사
등록번호　제1993-000098호
주소　04034 서울 마포구 잔다리로7길 18(서교동 377-20)
전화　02) 338-7224
팩스　02) 323-4180(편집) / 02) 338-7221(영업)
전자우편　moonji@moonji.com
홈페이지　www.moonji.com

© 정이현, 2016. Printed in Seoul, Korea
ISBN 978-89-320-2909-2 03810

이 도서의 국립중앙도서관 출판예정도서목록(CIP)은 서지정보유통지원시스템 홈페이지
(http://seoji.nl.go.kr)와 국가자료공동목록시스템(http://www.nl.go.kr/kolisnet)에서
이용하실 수 있습니다. (CIP제어번호: CIP2016022907)

상냥한 폭력의 시대

정이현 소설집

문학과지성사

차례

미스조와 거북이와 나

일어나지 않은 일에 관하여 말하는 것을 좋아하는 사람도 있을 것이다. 나의 경우는 그렇지 않다. 나는 어떤 일에 대해서도 말하는 것을 좋아하지 않는다. 말은 뱉는 순간 허공에 흩어진다. 아직 일어나지 않은 일은, 가장 깊은 안쪽에 가만히 모아두고 싶다. 그것이 영원히 일어나지 않을지라도.

*

최근 몇 년간 내 삶에서 가장 극적인 사건은 샥샥과 함께 살게 되었다는 점일 것이다. 침대에 누워 한 손으로 샥샥의 목덜미를 천천히 쓰다듬을 때에 나는 세계와 이어져 있다고 느낀다. 희미하게나마, 끊어지지만 않으면 되는 것이 아닐까,라고 생각한다.

평일에는 출근을 한다. 직장은, 노인들을 위한 고품격 주거 커뮤니티라는 대외적 명칭과 부자 노인들을 위한 양로원이라는 공공연한 별칭을 가진 곳이다. 지난 5년간 월요일부터 금요일까지 아침 8시 반에 출근해 6시에 퇴근하는 짓을 반복해왔다. 야근이나 초과근무는 없으며 토요일과 일요일은 쉰다. 물론 야근수당이나 특근수당도 없으며 월급은 적다. 30년 후를 대비해 적금을 불입하기에는 터무니없이 적지만, 매달의 공과금을 연체할 만큼 굉장히 적지는 않다. 나는 그럭저럭 살아간다. 이런 시대에 이렇게 살아갈 수 있다는 것만으로도 나쁘지 않다고 생각한다. 최악을 모면하며 살아가는 것을 그럭저럭, 이라고 부를 수 있다면 말이다.

유니폼을 입는 일의 유일한 장점은 아무 옷이나 입고 출퇴근해도 된다는 점일 것이다. 오늘 아침 나는 샥샥에게 작별인사를 하고, 컨버스 운동화에 빈티지 가죽점퍼와 블랙진을 입고는 집을 나섰다. 사무실에는 민경이 먼저 출근해 있었다. 민경은 나를 보자 짐짓 시선을 외면했다. 그녀는 한 달 전부터 나를 철저히 투명인간 취급하는 중이었다. 도저히 안 되겠다고, 이제 진짜 지쳤다고, 다 그만두자고 그녀가 내게 종언을 고한 그날 이후였다.

나는 민경과 의견이 달랐다. 헤어졌다고 해서 꼭 원수가 되어야 할 이유는 없을 것이다. 더구나 별수 없이 같은 공간에서 근무해야 한다면 완전히 관계를 끊을 수 없었다. 그녀가 외면하든 말든 그쪽을 향해 짧게 목례를 했다. 민경은 노골적으로 고개를 돌렸다. 탈의실로 가 유니폼 와이셔츠의 단추를 채우면서 밤사이 들어온 불만사항 리스트를 체크했다. 오늘의 첫 예약은 C동 1206호로 되어 있었다. 또?라는 탄식이 저절로 나왔다.

1206호에는 대머리에 몸집이 작고 딱 봐도 꼬장꼬장한 성품의 소유자인 할아버지가 혼자 살았다. 이것은 인물의 고유성을 설명하기에 좋은 방법이 아니다. 이 건물 남자 노인들의 약 3분의 2는 그와 엇비슷하게 생겼으니까. 그는 꼬장꼬장할 뿐 아니라 성격이 급하고 의심이 많았으며 웃지 않았다. 이 건물 노인들 거의가 그랬다. 그래도 그 할아버지만큼 자주 직원을 호출하는 경우는 흔치 않았다. 그는 인터넷이 연결되지 않는다거나 세탁물 자동건조 시스템의 리모컨이 작동하지 않는다거나 하는 레퍼토리들을 바꾸어가며 담당자를 불러댔다. 입주자들이 제기하는 객실 내의 문제를 해결하는 것이 나의 주된 업무였다. 대개는 빠져 있는 컴퓨터 랜선을 끼워주거나 리모컨의 배터리를 교체해주면 문제가 해결되고는 했다.

예약이 오전 9시로 되어 있는 것으로 보아 지난밤 그는 무조건 가장 빠른 시간으로 잡으라고 야간 서비스 오퍼레이터를 닦달했을 것이다. 참지 못하는 것 역시 이곳 입주자 대부분이 가진 공통점이었다. 늙는다는 것은 참을성을 잃어가는 것이라는 사실을 여기 오기 전에는 알지 못했다. 직원용 엘리베이터는 33층에서 멈춘 채 꼼짝도 하지 않았다. 이 높은 건물에 직원들이 사용할 수 있는 엘리베이터가 한 대뿐이라 기다리는 시간이 늘 길었다. 입주자 전용 엘리베이터가 여섯 대 운행되고 있지만 직원들은 탈 수 없었다. 입주자들과 마주치면 불쾌감을 느끼게 할 수 있다는 이유에서였다. 언젠가 본부장이 전체 회의에서 그것을 재차 강조했을 때 나는 불쾌감이란 단어를 혐오감으로 대체해보았다.

재킷 주머니 속의 전화기에서 진동이 몇 번 울리다 만 것은 천천히 하강하는 엘리베이터 계기판을 멍하니 쳐다보고 있을 때였다. 부재중 전화 1통. 발신인은 '미스조 여사'였다. 그녀가 이 시간에 나를 찾는 일은 처음이었다. 직감적으로 이상하다는 느낌이 들었다. 엘리베이터 문이 열렸다. 직원 제복을 입은 채 건물 내에서 통화하는 행동은 엄격히 금지되어 있었다. 나는 궁금증을 누르며 닫힘 버튼을 눌렀다.

1206호의 노인은 룸에 비치된 테리면 재질의 샤워가운에 더러운 파자마바지 차림이었다. 피트니스센터나 전용 라운지 같은 공용 장소에 내려올 때면 실내에서도 재킷을 걸치고 정장구두까지 신지만, 룸에서 직원들을 맞을 때는 대부분 잠옷 차림이라는 것 역시 이곳 노인들의 공통점이었다. 그들은 신경 써야 할 특정한 범위를 벗어난다 싶은 대상 앞에서는 완전히 무신경했다. 노인은 방 안으로 들어서려는 나에게 다짜고

짜 고함을 쳤다.

변기가 막혔다고!

네?

일처리를 어떻게들 하는 거야? 어젯밤부터 오줌도 못 싸고
있잖아!

죄송합니다, 회원님.

나는 직원 매뉴얼에 따라 일단 깊이 머리를 조아렸다. 죄송
하다는 말을 습관처럼 해대니 이 정도로는 아무렇지 않았다.

*

미스조 여사와 나의 관계를 어떻게 설명해야 할까.

미스조, 조은자 씨는 아버지의 옛 애인이었다. 정확히 말하
자면 그와 같이 살았던 여자들 중 하나였다. 세상에 죽은 아버
지의 옛 여자와 연락을 지속하는 미친놈은 많지 않을 것이다.
나 역시 마찬가지였다. 그런데 어쩌다 보니 우리는 몇 해 전부
터 알고 지내는 사이가 되었다. 알고 지내는 사이, 라는 말이
딱 적당한 그런 관계다. 아버지의 여자였던 아주머니와 그런
사이가 되는 것이 가능한가, 라고 묻는다면 나도 몰랐는데 이
세상에는 꽤나 다양한 종류의 인간관계가 있는 법이더라고 대
답할 수밖에 없을 것이다.

그녀가 다시 나를 찾은 것은 페이스북을 통해서였다.

혹시 흑석동 살던 안희준이 아닌가요?

안녕하시냐라거나 실례지만 미안하다거나 하는 의례적인 인사말은 생략된 메시지였다. 보낸 사람은 'Eun-ja, Cho'였다. 모르는 이름이었다. 그것은 어떤 세대에서는 흔한 이름일 수 있겠지만 나의 세대에서는 그렇지 않았다. 정규교육과정을 마치는 동안 그 이름을 가진 아이는 만나보지 못했다. 같은 이름을 가진 선생도 기억나지 않았다. 그쪽에서 찾는 안희준이 나여야 할 이유는 없다는 생각이 들었다. 흑석동은 조그만 마을이 아닌 것이다. 나는 대답하지 않았고 곧 그 일을 잊었다.

한 달 후에 또다시 메시지가 왔다.

흑석동 살던 안희준이 맞나요? 곽병원 앞 백조약국.

백조약국,이라는 단어가 나온 이상 더는 모른 척할 수가 없었다. 그녀가 누구인지 아직 모르던 시점이었지만 뒤늦게 인터넷에 가입한 옛 동창의 어머니려니 추측해볼 수 있었다. 나는 네, 맞습니다만,이라는 짧은 답장을 보냈다. 그녀가 곧바로 친구 신청을 했다. 그녀의 페이지에 들어가니 사진이 한 장 있었다. 붉은 단풍잎 만발한 산길에서 등산복을 입고 웃는 그 얼굴을 보자마자 그녀가 누구인지 알 수 있었다.

여섯 살 때 어머니가 죽은 뒤로 아버지는 줄곧 여자들을 사귀었다. 부도덕했다고는 생각하지 않는다. 그는 합법적인 독신남이었으며, 여자에게 눈이 멀어 자식을 내팽개치거나 하지도 않았으니까. 많은 여자들이 아버지를 좋아했다. 그는 동유

럽의 몰락한 귀족을 연상시키는 나른하고 허여멀끔한 외모의
소유자였고 직업도 안정적이니 인기가 많은 건 당연했는지도
모른다. 아버지의 여자 취향에는 별로 일관성이 없었는데, 유
일한 일관성이라면 자기를 떠받들고 위해주는 여자가 아니면
만나지 않는다는 거였다. 미스조는 거기에 정확히 부합하는
여자였다.

원래 그녀는 약국의 사무보조원 처녀였으나 어느 날 자연스
럽게 짐가방을 들고 아버지의 집에 들어왔다. 그녀가 아버지
집에 머물던 기간은 내가 기숙사가 있는 고등학교에 재학 중
이던 때와 겹쳤다. 그 무렵 나는 주말이나 방학은 할머니 댁에
서 보냈고 아버지의 집에는 한 달에 한 번씩 들르는 게 전부
였다. 아버지 집에 가면 그녀는 아버지와 내가 먹을 저녁상을
차려놓고는 작은 비닐가방을 옆구리에 끼고 대문을 나서곤 했
다. 동네 목욕탕에라도 가는 것처럼 가뿐한 차림이었다.

편히 자. 난 친정 동생네서 자고 오면 돼.

'친정'이라는 말이 번번이 마음에 걸렸다. 친정이란 결혼을
한 여자한테만 해당되는 표현이 아닌가. 정식 결혼도 안 해놓
고 저렇게 말하는 게 정실부인의 아들로서 아니꼬워서가 아니
었다. 저분이 물정도 모르고 정말 저렇게 착각하면 나중에 어
쩌려고 하나 걱정스러워서였다.

먹자.

아버지는 턱으로 밥상을 가리켰고, 아버지와 나는 별말 없

이 마주 앉아 미스조가 차려놓은 음식을 먹었다. 양념 없이 푹 고아낸 백숙 비슷한 것이었다. 그녀의 솜씨는 그저 그랬지만 손은 컸다. 아버지와 나는 닭다리를 가지고 괜히 서로 양보하는 척할 필요 없이 각자의 닭을 한 마리씩 먹으면 되었다. 고깃점을 뜯다가 아버지는 한마디씩 물었다.

지낼 만은 하냐?

네.

기숙사 식당 밥은? 먹을 만하고?

네.

하나 마나 한 질문과 대답은 그나마 자주 끊겼다. 둘 다 어색해서 그랬을 것이다. 다음 날 아침에 일어나면 언제 돌아왔는지 그녀가 부엌에서 뚝딱거리는 기척이 났다. 메뉴는 어제 먹고 난 고깃국물로 끓여낸 닭죽이었다. 셋이 먹는 식사는 아버지와 둘이 먹는 것보다 한결 편안했다. 미스조는 질문하지 않는 여자였다. 묻는 대신 혼잣말을 했다.

많이 덥다더니, 그렇게까지 덥지는 않네. 희준아, 도토리묵 한번 먹어봐. 예전 우리 엄마 하시던 식으로 무쳐봤는데 그 맛이 안 나네. 시장에서 파는 도토리 가루로는 그렇게 안 되는 건가 봐. 산으로 도토리 주우러 가야 하나.

딱히 누군가의 대꾸를 바라지 않는 어법이었다. 그러면 나도 모르게, 나도 예전에 도토리 주운 적 있었는데, 라고 말해버리게 되었다. 아버지도 내가 없는 자리에서는 좀더 다정하게 그녀의 말을 받아주면 좋겠다고 나는 바랐다. 그렇지 않으면 그녀에게 왠지 미안할 것 같았다. 미스조는 친절한 사람이었다. 아버지를 스쳐간 모든 여자들을 통틀어 나에게 제일 친절했다고 할 수 있었다. 내가 아버지의 아들이어서가 아니라 천성이 원래 친절해서였다. 아버지를 도와 약국에 나와 있을 때는, 일없이 어슬렁거리며 약국 문을 밀고 들어오는 노인들에게 친절했고, 동전을 바꿔가는 어린아이들에게 친절했고, 길을 묻는 행인에게 친절했다. 아마 발에 차이는 길거리 돌멩이에게도 친절했을 것이다. 어느새 동네 할머니들은, 그녀를 미스조야, 미스조야, 하고 부르기 시작했다. 간혹 그 소리가 귀에 들려올 때면 나는, 저 할머니들 너무하네, 라고 생각했다. 무슨 다방 아가씨도 아니고 그래도 미세스라고 해주면 어디가 덧나나 말이다. 그래도 저 아줌마는 친절하게 호호 웃다니, 혹시 정말 어디가 좀 모자란지도 모른다고 의심했다.

그런데 어떻게 페이스북에서 절 찾을 생각을 하신 거예요?

나중에 내가 물었을 때 조은자 여사는 여전히 친절한 웃음을 띠며 말했다.

21세기잖니.

*

12층 입주자의 변기를 뚫고 29층 입주자의 은행 심부름을

하고 8층 입주자와 32층 입주자 간의 주차 다툼을 중재하다
보니 정신없이 하루가 흘렀다. 미스조 여사에게 콜백 하는 것
을 잊었다. 유니폼을 벗고 블랙진에 다리 한쪽을 꿰었을 때 문
자메시지가 왔다. 알립니다, 라고 시작하는 내용이었다. 문자
를 다 읽고 나서 나는 입던 바지를 마저 입고, 급히 탈의실을
빠져나왔다. 택시는 금세 잡혔다. 택시 뒷좌석에서 발끝을 내
려다보니 직장 안에서만 신는 윤이 반드르르한 검정 구두를
여전히 신고 있었다. 나는 택시기사에게 행선지를 바꾸겠다고
말했다.

미스조, 조은자 여사가 죽었다는 말을 믿을 수가 없었다.

집에 오니 샥샥이 침대 위에 누워 있었다. 아침에 놓고 간
그 자리 그대로였다. 당연하다. 샥샥은 움직이지 못하는 고양
이니까.

내가 살아 있는 고양이가 아니라 고양이 모양의 헝겊 인형
을 키우고 있다는 사실을 아는 사람은 미스조뿐이었다. 딱히
비밀로 하려던 것은 아니지만 아직 미스조 말곤 아무에게도
하지 못한 얘기였다. 언젠가 식당에서 메밀국수를 먹을 때였
다. 미스조가 젓가락질은 안 하고 자신이 키우는 거북이에 대
해서 한참 동안 이야기했다. 거북이가 어찌나 먹성이 좋은지
바나나 한 개를 까 주면 눈 깜짝할 사이에 먹어치우고 다음 바
나나를 기다린다고 했다.

거북이가 과일을 먹는다고요?

그럼. 얼마나 좋아하는지 몰라. 몸에 안 좋다고 주지 말라는 말들도 있고 일주일에 한 번만 주라는 말들도 있지만, 사는 게 어디 그런가. 몸에 좀 덜 좋아도 마음에 흡족하면 그게 또 좋은 거지.

그녀의 빈 잔에 엽차를 따라주면서 나도 모르게 불쑥 말해버렸다.

저도 고양이가 한 마리 있어요.

어머!

그녀가 탄성을 질렀다.

나, 냥이 진짜 좋아하는데. 언제 한번 데리고 나와.

네, 뭐.

밖에 나오면 냥이가 참 좋아하겠네. 우리 바위는 무거워서 난 이제 들지도 못해.

그녀는 거북이에 대해 말할 때 가장 즐거워 보였다.

바나나뿐이 아니야. 사료는 또 얼마나 많이 먹는지 몰라. 먹고 싸고 먹고 싸고. 종일 뒤를 따라다니며 치워야 한다니까.

기저귀를 채워야겠어요.

내 실없는 농담에 미스조는 소개팅 자리에 나온 착한 여학생처럼 호호호 웃었다.

그래서 외출을 못 하잖아. 맞는 기저귀가 없어서. 우리 바위는 밖에 못 나가니까 언제 한번 보러 와도 돼. 물론 희준이 바쁘지 않을 때.

나는 양순하게 고개를 끄덕였다.

고양이는 화장실 만들어주면 거기서만 볼일을 본다지. 깔끔쟁이들이야. 집에서 키우는 애들은 살이 많이 찌더라고.

살아 있는 고양이의 대소변에 관해서라면 나는 아는 것이 없었다. 살아 있는 고양이의 먹이나 체중에 관해서도.

그런데 진짜 고양이는 아니어서요.

나는 대수롭지 않은 듯 말했다. 미스조의 동공이 순간 확장되었다. 그렇지만 그녀는 여전히 곤란한 질문을 하지 않는 사람이었다. 만약 그녀가 '진짜 고양이가 아닌 고양이'에 대해 캐물었다면 나는 결코 입을 열지 않았을 것이다.

인형이에요, 고양이 모양의.

아……

미스조가 긴 감탄사를 뱉었다. 그녀는 언젠가 텔레비전에서 고양이 인형을 어깨 위에 올리고 다니는 여성 아티스트를 본 적이 있다고 했다.

사람들은 웃었지만 나는 멋진 생각 같던걸. 사랑하는 존재와 어디든 함께 갈 수 있잖아.

저도요.

나는 작게 말했다. 사실 텔레비전에서 그 모습을 본 것은 나에게 일종의 코페르니쿠스적 전환의 순간이었다. 고양이 털 알레르기도, 사료비도, 낮에 혼자 남겨질 동물의 외로움도 걱정할 필요 없이 고양이를 곁에 둘 수 있는 것이다. 나는 즉시 이베이를 싹싹 뒤져 샥샥을 발견했다. 방글라데시의 수도 다카 변두리의 봉제 공장에서 만들어진 샥샥은 그렇게 우리 집으로 오게 됐다. 민경에게도 못 한 이야기였다.

근데 데리고 다니기는 참 편하겠네.

그렇게 말할 때의 미스조 여사는 진심으로 나를 부러워하는 것처럼 보였다.

다음에 꼭 같이 와. 나도 보고 싶으니까.

그녀는 양할머니 같은 말투로 당부했다. 하긴 그녀와 샥샥의 관계를 따져보면 아주 틀린 비유도 아니었다. 미스조와 샥샥은 만난 적이 없다. 하지만 내가 아는 사람들 중에 가장 친절한 사람인 미스조는 우리 샥샥에게도 아주 친절하게 대해주었을 것이다. 틀림없이 그랬을 것이다. 그녀의 빈소에 갈 용기가 생길 때까지 나는 샥샥을 꼭 안고 침대에 가만히 누워 있었다.

*

미스조, 조은자 씨의 유언은 두 가지였다고 한다. 첫번째는 시신을 병원에 기증하겠다는 것. 암이 몸 구석구석에 퍼지지 않았기에 가능한 일이라고 했다. 미스조의 여동생, 그러니까 먼 옛날 미스조가 '친정 동생'이라고 표현했던 그분이 내게 그것을 말해주었다. 미스조가 들려준 말에 따르면, 미스조의 여동생은 일찌감치 결혼해 아이를 넷이나 낳았고 지금은 먼 도시에서 딸의 딸과 아들의 아들을 전담해서 돌보고 있다고 했다. 그분은 나를 보자마자 와락 손을 잡았다. 이분이 진짜 미세스조인 셈인가, 라고 나는 바보처럼 생각했다.

언니가 희준 씨 이야기를 자주 했어요.

미스조가 나에 대해 뭐라고 했을지 상상이 되지 않았다. 사실 나는 아무에게도 미스조의 이야기를 한 적이 없었다. 내게 그 정도로 가까운 사람이 없었기 때문이다.

언니가 나 말고 제일 자주 연락하는 사람이 희준 씨라고 했어요. 제일 친한 친구라고.

고작 한 달에 한 번쯤 카카오톡 메시지를 주고받고 한 계절에 한 번쯤 만나 밥을 먹는 사이인 내가 제일 친한 친구였다니. 가슴에서 펄펄 끓는 순두부처럼 물컹하고 뜨거운 것이 치받쳐 올랐다. 정말 다른 친구라곤 없었는지 미스조의 빈소에는 나와 미세스조뿐이었다. 문상객도 없고, 미스조도 없는 빈소였다. 병원 규정상 기부된 사체는 시체 안치실을 벗어날 수 없다고 했다.

예전에 그런 약속을 했다 하더라고요. 암이 막 발견됐을 때, 만약 몸이 더 안 망가지고 깨끗하게 죽으면 그것도 감사한 일이니 자기를 가져다가 좋은 일에 쓰라고.

나는 입을 뗄 수가 없었다. 미스조는 암에 걸렸던 적이 있다고 지나가는 말처럼 담담하게 얘기했었다.

걱정할 건 아니고, 이젠 다 나았어.

22

그래서 나는 그런 줄로만 알았다. 미스조는 거짓말을 할 사람이 아니니까. 양복을 입은 남자들이 빈소로 들어섰다. 병원 관계자들이었다. 그들은 망자의 영혼에 대해 적절한 예를 표했다. 나는 얼떨결에 일어나 그들과 맞절했다. 가장 높은 직급으로 추정되는 남자가 내게 악수를 청했다.

고인의 거룩한 뜻에 누가 되지 않도록 하겠습니다. 정말 감사드립니다.

나도 남자를 따라 고개를 숙였다. 미스조의 몸이 이제 어디에 가서 어떻게 된다는 것인지 나는 가늠할 수가 없었다. 그곳을 떠날 수가 없었다. 어쩌다 시작한 상주 노릇은 그 뒤에도 계속되었다. 문상객은 뜨문뜨문 왔다.

장조카가 고생이 많네.

어떤 아주머니는 내가 조카인 줄 알았는지 등을 두드리며 말했다. 어떤 할머니는 혼잣말을 했다.

아이고 세상에, 은자한테 이런 장성한 아들이 있었나 벼. 어쨌든 다행이여. 가는 길 쓸쓸치 않겠네.

영정 사진은 언젠가 페이스북에서 보았던 등산복 차림의 그 사진 같았다. 빨갛게 불타오르던 단풍 숲 배경을 다 날려버리고 흑백으로 바꾸어서 어찌 보면 전혀 다른 사진 같기도 했다. 나는 부서장에게 문자메시지를 보내 내일부터 휴가를 내야 할 것 같다고 했다.

뭐? 무슨 일인데?

그 짧은 문장에서 황당해하는 기색이 여실히 느껴졌다.

돌아가셨습니다, 누가 좀.

거기까지 입력했다가 지웠다.

돌아가셨습니다, 어머니가.

답장은 오지 않았다. 내 생모가 오래전에 죽었다는 사실이 인사팀의 자료 파일 같은 곳에 기록되어 있을 것이다.

늦은 밤에도 영안실 복도의 형광등 불빛은 대낮처럼 환했다. 화장실 앞 공용 휴게실에서는 검은 옷을 입은 사람들이 피로한 낯빛을 숨기지 못한 채 눈을 감고 앉아 있었다. 나는 화장실에서 오래오래 손을 씻었다. 아직 울지 못했다는 것을 깨달았다.

*

미스조의 두번째 유언은 상속에 관계된 것이었다. 미스조에게 재산이 많을 리 없었다.

살던 집 전세금은 찾아서 미혼모 시설에 기부하라고 했고, 예금이 좀 있는 건 죽기 얼마 전에 저한테 다 보내놨더라고요. 서울 오가며 간병하는 게 고맙다고. 차비라고 여기라면서.

미세스조가 나에게 왜 이런 내용을 자세히 설명하는지 알 수 없었다.

그리고 개 있잖아요.

네? 누구?

언니가 키우던 그 거북이 말이에요.

아, 네.

그건 꼭 희준 씨 주라고 했어요.

……

다른 걸 줄 게 없어서 미안하다고. 희준 씨가 누구보다 잘 키워줄 것 같다고. 미안하지만, 잘 부탁한다고 했어요.

나는 졸지에 상속받은 유산을 찾기 위해 미스조의 집으로 갔다. 놀랍게도, 미스조 여사의 주소지는 여전히 흑석동이었다. 옛날 아버지 집과 5백 미터쯤 떨어진 곳이었다. 아버지가 죽고 나서 편의점으로 바뀐 백조약국 자리와도 가까웠다. 아버지와 헤어진 이후에도, 스무 해보다 더 오랜 시간이 흐른 후에도, 그녀는 왜 그 근처를 떠나지 못했을까. 영원히 묻지 못할 질문이었다. 집은 붉은 벽돌로 지어진 3층짜리 빌라의 맨 위층이었다. 경비실도, 엘리베이터도 없었다. 한 손에 꽃무늬 레이스 양산을 꼭 쥐고 또 한 손으로 핸드레일을 잡고 미스조는 이 계단들을 하나하나 천천히 걸어 내려왔을 것이다. 중간에 한 번씩 쉬면서 팔등으로 쓱 이마의 땀을 훔쳤겠지. 그녀가 손수건을 꼼꼼히 챙기는 스타일은 아니었으니까.

현관에는 신발이 하나도 없었다. 집주인의 부재가 확 다가들었다. 벗어놓은 신발을 신고 나갔던 미스조 여사는 다시 돌아오지 못했다. 거실은 생각보다 넓어 보였다. 가구라곤 1인용

소파 하나와 작은 테이블뿐이라 더 그렇게 느껴지는지도 몰랐
다. 테이블 위에 반으로 접힌 메모지 한 장이 놓여 있었다. 펼
쳐보았다. 여중생이 쓴 것 같은 또박또박한 글씨였다.

이름: 바위
나이: 17세 5개월
성별: 암컷
좋아하는 음식: 애호박, 사과, 오이, 토마토, 바나나
(그중 애호박에 사료를 끼워 먹는 것을 가장 좋아함)
사료 외에 비타민제와 칼슘제가 섞인 건초 가루와 갑오징어 뼈를
주문해서 먹입니다.
주의 사항: 변비로 고생한 적이 있으니 그럴 땐 욕조에 30도 정도
의 따뜻한 물을 받아 온욕을 시키면 좋습니다. 너무 오래 두면 익사
위험이 있으니 주의해야 합니다.

읽을 사람이 나라는 것을 알았을 텐데 그녀는 따로 어떤 말
도 남겨놓지 않았다. 왠지 섭섭한 기분이 들었다. 거북이의 사
육장은 집에서 가장 큰 방에 마련되어 있었다. 거북이는 보이
지 않았다. 집 안 여기저기를 둘러보았지만 찾을 수 없었다.
실내는 단출하고 소박했다. 미스조가 주로 사용하던 방에는
한 자짜리 옷장과 싱글 침대만이 놓여 있었다. 적당히 낡은 그
침대는 그녀가 아버지의 집에서 나오면서 마련한 것일지도 모

른다. 1인용 침대를 고르는 그녀의 마음은 어땠을까. 어딘가에서 혹시 우리 아버지의 사진 따위라도 발견되면 어쩌나 갑자기 걱정이 되었다. 그러나 아버지는커녕 타인의 자취라곤 전혀 눈에 띄지 않았다.

나는 반쯤 문이 열린 욕실로 갔다. 집의 규모와 어울리지 않는, 영화에서나 보던 월풀 욕조가 설치되어 있었다. 거북이에게 변비가 오면 따뜻한 물로 목욕을 시키라던 문구가 떠올랐다. 아니나 다를까, 거북이는 그 속에 있었다.

사람 무릎보다 낮은 높이의 물속에서 버둥거리고 있었다. 물속으로 손가락을 집어넣어보았다. 차가웠다. 아무도 없는 집에서, 거북이는 홀로 여기까지 어떻게 기어오른 것일까. 나는 거북이를 번쩍 들어 물에서 건져냈다. 거북이는 깜짝 놀랄 만큼 무거웠다. 나도 모르게 끙 소리가 나왔다. 그 애의 몸은 차고 축축했다. 등껍질은 엄청나게 딱딱하고, 다른 부분은 대책 없이 말캉했다.

어떻게 해야 할지 몰라 눈에 보이는 세수수건을 몇 장 겹쳐 녀석의 몸을 둘둘 말았다. 찬물에 젖은 거북이는 오한이 나는지 오들오들 떨었다. 거북이와 나의 눈이 마주쳤다. 까만 바둑알 같은 눈동자가 촉촉하게 젖어 있었다. 그제야 나는 무엇인가 잘못되고 있음을 예감했다. 알다브라코끼리거북은 지구상에서 가장 오래 사는 동물이었다. 255세까지 산 거북이가 있다는 문헌도 남아 있다고, 언젠가 미스조가 말했다. 그렇다면,

내가 죽은 후에도 이 아이는 살아 있을 것이다. 천천히 생명을 이어갈 것이다. 나의 모든 것을 눈에 담고 기억할 것이다.

내가 죽은 뒤에는 어찌해야 하나. 나에게는 거북이를 맡길 옛 애인의 아이도 없었다. 혹시 민경에게 숨겨놓은 아이가 없을까. 그런 어이없는 상상을 하고 있을 때 욕조 안의 물 위를 둥둥 떠가는 검은 물체가 보였다. 거북이 똥이었다. 피식 웃음이 났다. 녀석은 혹시 똥이 마려워서 거기 기어들어간 것인가. 거북이는 똥을 싸는 존재, 먹는 존재, 우는 존재, 죽는 존재, 살아남는 존재였다. 샥샥과는 달랐다.

바위야,

아직은 한없이 어색하지만 나는 다시 한 번 그 아이의 이름을 불러보았다.

바위야,

들었는지 못 들었는지 거북이는 내 쪽은 쳐다보지도 않고 느릿, 느릿, 느릿, 내가 선 곳과 반대 방향으로 기어갔다. 문득 생일이 얼마 남지 않았다는 사실을 떠올렸다. 이제 나는 열일곱 살짜리 알다브라코끼리거북과, 고양이 모양 헝겊 인형을 가진 마흔 살 남자가 되었다. 그것 말고는 아무것도 없다는 뜻이다.

*

　미스조와 딱 한 번 사랑에 관한 이야기를 나눈 적이 있다. 혜화동의 한 골목 안에서였다. 생전 어디에 가보고 싶다는 소리를 안 하던 미스조 여사가 갑자기 어딜 좀 같이 가보고 싶다고 했다. 나는 그녀를 따라나섰다. 번화한 대학로 거리의 뒷골목에서 미스조는 길을 잃어버린 듯했다. 분명 여기가 맞는데,라고 혼잣말하면서 골목 이곳저곳을 기웃거렸다. 여러 개의 골목에서 허탕을 치다가 결국 처음에 갔던 데와 꽤 멀리 떨어진 길목에서 목적지의 흔적을 발견했다. 미스조가 가려던 곳은 공터가 되어 있었다. 별로 더운 날이 아니었는데 미스조 여사는 땀을 뻘뻘 흘렸다. 이럴 줄 알았으면 구글 지도에서 위성사진을 검색해보고 왔을 텐데,라는 생각이 들었다. 아니, 그랬다면 올 필요가 없다는 것을 알았으니 오지 않았을 것이다.

　내가 길눈 하나는 밝았었는데.

　미스조가 기죽은 목소리로 중얼거렸다. 과거형 시제였다. 그녀의 얼굴색이 너무 창백했다. 나는 눈에 보이는 가게에 들어가 비타민 음료를 사서 그녀에게 건넸다. 미스조가 설핏 미소 지었다. 어느새 미스조 여사도 많이 늙었구나 싶었다. 그녀에게, 이 빈터에 무엇이 있었느냐고 물었다.

　집이 있었어.

그녀가 대답했다.

예전에 사랑하는 사람하고 이 골목을 지나간 적이 있어.

……

함께 남자 쪽 친척의 결혼식엘 다녀오던 길이었는데 남자가 여자를 그런 자리에 데리고 가고 싶어 하지 않는다는 걸 여자는 알고 있었어. 그런 건 꼭 말로 듣지 않아도 알게 되는 법이니까. 평소 같으면 여자는 구태여 따라나서지 않았겠지만 그날은 달랐어. 이상하게도 꼭 한 번은 막무가내로 남자를 따라나서고 싶었던가 봐. 친척들에게 여자가 누구인지 소개해주지 않아도 괜찮다는 심정이었어. 축의금 봉투를 내고 오랜만에 만나는 친지들과 안부를 나누는 남자 옆에 그저 그림자처럼 서 있고 싶었지. 한 번은 그래 보고 싶었어. 오기 같은 거라고 해도 좋아. 여자는 가진 옷 중에서 가장 예쁜 옷으로 차려입고 정성껏 화장도 하고 문간에 서서 남자가 나오기를 기다렸어. 그런 여자를 보고도 남자는 아무 말 하지 않았어.

볕이 좋은 날이었어. 그 사람하고 그때까지 2년을 넘게 살았는데, 동네 밖에 같이 나가는 것이 처음이었지. 여자는 지하철을 타자고 했지만 남자는 콜택시를 불렀어. 식장에서 남자는 축의금 봉투를 내고 친척들과 안부 인사를 나누었어. 그 옆을 여자는 오도카니 지키고 서 있었지. 각오를 하고 왔기 때문에 아주 많이 어색하지는 않았어. 가끔 흘끔거리는 이들은 있었지만 대놓고 여자를 소개해달라는 친척은 없었어. 정말로 남자는 여자를 아무한테도 소개시키지 않았지. 기념사진을 찍어야 하니 친척들은 앞으로 나오라는 안내방송이 들렸어. 남자가 의식적으로 여자 쪽을 쳐다보지 않는다는 생각이 들었어. 거기까지 억지로 따라왔지만, 남자의 팔을 잡고 사진을 찍으러 나갈 마음은 생기지 않더라. 남자가 사진을 찍으러 무리들 속으로 나간 사이 여자는 혼자 조용히 밖으로 나왔어. 모르는 골목들을 마냥 걸었지. 끝을 자꾸 늦추려는 것이 얼마나 어리석은지를 생각했지. 그렇게 한참을 걷고 있는데 문득 옆을 보니 남자가 같이 걷고 있었어. 그 남자는 뛰어나간 여자를 찾아 골목 여기저기를 돌아다닌 거야. 남자는 여자가 우는 걸 봤겠지만 눈물을 닦아주지는 않았어. 여자는 이걸로 다 되었다고 생각했어. 그날 오후에, 둘은 아주 천천히, 마치 그 낯선 동네에 집을 얻으려는 나이 든 신혼부부마냥 골목 여기저기를 구경하고 다녔어.

미스조는 더는 말하지 않았다. 빈터가 된 집이, 남자가 나중에 꼭 살아보고 싶다던 남의 집이었는지, 새로 약국을 열고 싶다던 맞춤한 가게 자리였는지, 고단해진 다리를 쉬며 차 한 잔을 마신 커피숍이었는지 아니면 따뜻한 멸치국수를 말아내는 식당이었는지 밝히지 않았다. 퍼즐의 마지막 조각은 영원히 맞춰지지 못할 것이다.

어떤 사람이 제멋대로 나를 침범하고 휘젓는 것을 묵묵히 견디게 하는 건 사랑이지만, 또 그 이유로 떠나기도 하지. 사랑을 지키기 위해서.

나는 그녀가, 그러고 얼마 지나지 않아 아버지의 곁을 떠났
다는 것을 알고 있었다.

*

최근 몇 년간 내 삶에서 일어난 가장 극적인 사건 목록에
바위와 함께 살게 되었다는 사실을 추가해야 할 것 같다. 처
음, 바위를 집에 두고 출근을 하던 날 아무래도 마음이 놓이
지 않아 현관문 앞에서 몇 번이나 뒤를 돌아보았다. 바위는
원래부터 거기 있던 것처럼 마루 한가운데에 우뚝 서 있었다.
　직장은 변함없이 거기 존재했다. 사무실에 들어서면서, 먼
저 와 있는 민경에게 목례를 했다. 기분 탓인지 민경의 왼쪽
눈썹이 살짝 씰룩거렸다. 첫 호출은 또 1206호였다. 초인종을
누르자 노인이 여전한 파자마 차림으로 문을 열었다. 그사이
그는 더 야위고 작아진 것처럼 보였다. 지푸라기처럼 금세 풀
썩 주저앉는다 해도 이상할 게 없어 보였다. 뜻밖에 그가 내게
가만히 물었다.
　어디 갔다 왔어?
　대답 대신 나는 손바닥으로 콧등을 훔쳤다.
　다음 날엔 인터넷을 뒤져 반신욕 욕조를 구매했다. 배달된
욕조는 사진보다 훨씬 거대해 보였다. 욕실에 들어가지 않아
방 한구석에 놓았다. 그새 더 커진 것인지 바위의 몸은 욕조

에 딱 들어맞았다. 몇 달 안에 새로운 욕조를 구입해야 할 것 같았다.

바위는 과연 거북이답게 느릿, 느릿, 느릿, 자기의 속도로 온 방 안을 탐험하고 돌아다닌다. 바위의 움직임을 보고 있으면 나의 속도에 대해 생각하게 된다. 바위는 샥샥이 놓인 침대 근처로는 가지 않는다. 샥샥이야 바위가 무엇을 하든 개의치 않고 제자리에 최선을 다해 누워 있다. 그런 의미에서 둘은 좋은 동거인이 될 여지가 충분했다.

바위는 입맛이 까다로운 편이고 호박과 토마토, 사과가 한 끼라도 빠지면 밥을 먹지 않는다. 나는 주말마다 채소와 과일을 잔뜩 사 미리 손질해둔다. 바위에게 주고 남은 재료들은 샐러드로 버무려 내가 먹는다. 일요일 늦은 아침, 침대에 누워 채소 샐러드를 먹으면서 바위와 샥샥의 목덜미를 번갈아 쓰다듬고 있으면 반드시 세계와 내가 이어져 있어야 할 필요는 없다는 생각이 든다.

샥샥과 나 사이에, 바위와 나 사이에 연결되어 있는 줄은 처음부터 없었는지도 모른다. 그래도 우리는 살아갈 것이고 천천히 소멸해갈 것이다. 샥샥은 샥샥의 속도로, 나는 나의 속도로, 바위는 바위의 속도로.

마흔번째 생일 아침, 나는 아직 일어나지 않은 일들, 영원히 일어나지 않을 일들을 떠올리며 비로소 눈물을 흘리기 시작했다.

아
무
것
도

아
닌

것

지원의 아이는 예정보다 열흘 먼저 태어났다. 임신 38주 4일째의 아침이었다. 출근하는 남편을 배웅하고 침대에 누워 설핏 잠들었을 때 축축한 것이 아래로 흘렀다. 그녀는 비교적 침착하게 행동했다. 속옷을 갈아입고 생리대를 착용하고 트렌치코트에 팔을 꿰었다. 당시 임산부들 사이에 바이블처럼 여겨지던 『막 엄마가 된 당신을 위한 임신과 출산의 모든 것』이라는 책의 마지막 장은 예상치 못한 상황에 대처하는 법으로 구성되어 있었다. 매뉴얼을 머릿속으로 차근차근 복기해가며 그녀는 조심스럽게 움직였다. 그 책의 저자는 썼다. 위급한 상황일수록 무엇이 가장 중요한지 명심하라. 내 아기의 안전만 생각해라. 우왕좌왕하지 말고 무조건 병원으로 가라.

지원은 한 손으로 배를 감싸 쥐고 콜택시를 불렀다. 그다음에 남편의 휴대폰으로 전화를 했다. 자주 그렇듯 전화는 연결 되지 않았다. 그녀의 남편은 한국에서 가장 큰 반도체회사의 연구원이었고 임신 기간 내내 집에서 저녁 식사를 한 적이 거의 없을 정도로 몹시 바빴다. 나 애 낳으러 가. 그렇게 음성메시지를 남기고 나자, 지금이 자신의 인생에서 가장 독립적인한 순간이라는 기분이 들었다. 시어머니는 도쿄의 시누이 집을 방문 중이었고 옆 도시에 사는 친정어머니는 전화를 받지 않았다. 어차피 남편이나 친정 식구보다 택시 기사가 도착하는 시간이 더 빠를 것이었다. 진즉 가방을 싸놓아 다행이었다. 기내 반입 사이즈의 여행용 트렁크 안에는 기저귀와 배냇저고리, 속싸개 등속이 들어 있었다. 배 속에서 거센 발길질을 하고 있는 태아가 곧 세상에 나와 며칠 뒤엔 이것들을 몸에 걸친채 이 집으로 돌아온다는 사실이 실감 나지 않았다. 택시 뒷좌석에서 진통이 시작되었다. 경미한 생리통 같던 아픔이 점차 거세졌다. 택시 기사는 비상등을 켜고 전속력으로 달렸다. 분만실로 옮겨진 뒤 일반적인 자연분만의 과정을 거쳐 아이가 태어났다. 예닐곱 시간 만이었다. 3.2킬로그램. 작지도 크지도 않은, 딱 보통 체중의 여자아이였다. 초산치고 순산이라고, 산부인과 의사가 찢어진 회음부를 꿰매며 말했다.

만 열여섯이 될 동안 아이가 반드시 순하게 자라준 것만은 아니었다. 두 돌 무렵엔 플라스틱 나사를 삼켜서, 다섯 살 생일엔 놀이터 미끄럼틀에서 수직으로 고꾸라져서 응급실에 갔다. 열 살에는 왼팔이 부러져 한 달간 깁스를 하기도 했다. 혹시 팔꿈치의 성장판이 손상되었다면 뼈가 자라지 않을 수도 있다고 했다. 혹시,라는 부사의 불확실성이 그녀를 겁에 질리게 했다.

모든 뼈에 다 성장판이 있나요?

그렇다고 봐야죠.

엑스레이 촬영 기사가 덤덤히 대답했다. 문제가 없는 오른쪽 팔꿈치의 연골은 정상적으로 성장할 터였다. 그것은 몸 안의 다른 모든 뼈들처럼 천천히 굵어질 것이다. 정상적인 오른팔과, 비정상일지도 모를 왼팔. 아이의 작은 몸통 양쪽에 불균형하게 매달린 두 팔의 그림이 머릿속에 선연히 그려졌다. 그녀는 징그러운 벌레를 털어내듯 도리질 쳤다. 다행스럽게도 아이의 왼 팔꿈치는 무사했다. 일일이 열거할 순 없어도 아이가 크는 동안 가슴을 쓸며 지나간 일은 많았다. 그러니, 이번에도 그러지 않으리라는 법이 어디 있단 말인가?

아이는 지금 P대학병원에 입원해 있다. 5층의 산부인과 병동이었다. 같은 층에는 신생아중환자실과 분만실이 있고, 길고 어둑한 복도를 지나 모퉁이를 돌면 입원실이 나왔다. 신생아중환자실에서 입원실까지는 30미터쯤 떨어져 있었다. 그 모퉁이를 돌지 못하고 지원은 아무 의자에나 주저앉았다. 걸음을 옮길 수 없었다. 병실은 여기처럼 건조할까, 그렇지 않을까. 아이는 잠들어 있을까, 그렇지 않을까. 어서 딸에게 가야 한다는 걸 알면서도 몸이 움직여지지 않았다.

시간이 많지 않습니다.

조금 전 신생아중환자실에서 만난 의사는 지원을 보자마자 말했다. 그는 이런 경우 의식적으로 보호자의 눈을 똑바로 바라보며 이야기해야 한다는 원칙을 가진 것 같았다.

보호자께서 조속한 결정을 내리셔야 저희가 어떤 조치든 취할 수 있습니다.

지원은 입술을 달싹여보았지만 결국 아무 말도 하지 못했다. 그 새벽, 그녀의 딸이 낳은 아기는 임신 24주께로 추정되었다. 여아였고, 쇠고기 한 근 반도 안 되는 무게였다. 아기는 정확히 792그램이었다. 신생아실과 신생아중환자실의 아기들은 모두 공평하게 산모의 이름으로 불렸다. 신생아중환자실의 5번 인큐베이터 앞에는 '김보미 아기'라고 또박또박 적힌 스티커가 붙어 있었다. '김보미 아기'의 보호자의 보호자. 그것이 지원이 지금에야 알게 된 자신의 새 이름이었다.

*

미영의 아이는 수요일, 3박 4일 일정으로 수학여행을 떠났다. 여행지는 제주도. 토요일 오후 비행기로 서울에 돌아올 예정이었다. 남자친구에게, 우리 집 비는데, 라고 말하고 나서 미영은 자신이 마치 대학 신입생 같은 말투를 사용했음을 깨달

왔다. 남자는 허허 사람 좋게 웃었고 그녀의 간접적인 초대를 수락했다. 그들은 밤을 완전히 함께 보내는 사이는 아니었다. 그녀가 남자와 나눌 수 있는 밤은 일부뿐이었다. 미영은 남자의 집에 종종 갔지만 남자가 그녀의 집에 온 적은 없었다. 남자는 혼자 살았고 그녀는 아들과 같이 살았다. 정부에서 중고생 대상 학원의 심야 수업을 규제하는 법령을 제정한 것은 여러 해 전이었다. 미영의 아이가 다니는 학원은 밤 10시면 문을 닫았고, 그 애가 탄 셔틀버스가 아파트 단지 앞에 도착하는 시간은 밤 10시 30분이었다. 그녀는 매일 밤 아이의 귀가 시간에 맞추기 위해 노력해왔다. 설령 가끔 시간을 놓치더라도 외박만은 한 번도 한 적이 없었다.

금요일 퇴근 후에 만나 저녁을 먹은 뒤 그녀의 집으로 옮겨 술을 한잔한다는 것이 그들이 세운 계획이었다. 내가 저녁 차려줘도 되는데. 미영이 머뭇거리며 하는 말에 남자가 괜찮아, 말만 들어도 고마워,라고 화답했다. 전남편이었다면 곧바로, 그럼 그럴래?라고 응수해왔을 거였다. 전남편과 다르다는 이유만으로 누군가에게 이끌리는 시기는 지나갔다. 그녀는 이제 어떤 사랑에도 생로병사가 있다는 것을 알았지만 상대에 따라 그 단계들을 유보시킬 수 있다는 것도 알았다. 남자는 미영이 근무하는 부동산 업체의 고객이었다. 그는 80평짜리 사무실을 실물도 보지 않고 계약했다. 적당한 곳이 있는지 전화로 확인하곤 곧바로 계약금을 송금한 손님은 처음이었다. 나중에 만

낳을 때 이유를 묻자 이혼 절차가 너무 복잡해서 그 밖에 다른 일들은 속전속결로 해치우며 산다는 대답이 돌아왔다. 그녀는 미소 지었다. 이게 재미있는 이야기인가요? 아뇨, 저도 그랬으니까요. 이번엔 남자가 미소 지었다. 그녀는 고객 앞에서 이유 없이 웃거나 이혼 경험을 훈장처럼 밝히곤 하는 여자는 아니었다. 만약 그 남자가 마음에 들지 않았더라면 그러지 않았을 것이다. 부동산 경기는 매년 더 나빠지기만 했고 아이는 점차 커갔다. 아이를 위한 돈은 점점 많이 필요할 것이고, 아이는 금세 엄마 곁을 떠날 것이다. 이 이율배반적인 두 가지 가정 모두가 그녀를 두렵게 했다. 미영은 이제 여러 가지 의미에서 제대로 된 누군가를 만나야만 하는 때라고 생각하고 있었다. 1년이 흐르는 동안 그들은 애인 사이가 되었고, 미영의 아이는 고등학생이 되었으며, 남자의 이혼 소송은 여전히 진행 중이었다.

금요일 밤, 그들의 계획은 순조로이 진행되었다. 토요일 아침 제 방 침대 위에서 그녀가 눈을 떴을 때 남자는 아직 잠들어 있었다. 그는 입을 약간 벌리고 자는 버릇이 있는 듯했다. 꼭꼭 여민 커튼 너머 햇볕이 숨어들어왔다. 늘어진 턱살 탓일까, 무방비 상태의 남자는 평소보다 늙고 지쳐 보였다. 매일 아침 그래 왔던 듯 그녀는 남자의 어깨까지 이불을 끌어 올려주고 방을 나섰다. 작은 거실은 고요했고 아이의 방문은 닫혀 있었다. 아이에게는 남자를 초대할 거라는 계획을 말하지 않았다. 말할 필요 없는 일이었다. 미영은 잠시 선 채로 아들의 닫힌 방문을 바라보았다. 저 너머 아이가 없다는 사실이 믿기지 않았다. 설명할 수 없는 막막함이 그녀를 휘감았다.

그녀는 아침 식사 준비를 시작했다. 감자 껍질을 벗겨 물에 담가놓고 냉장고에서 새우를 꺼냈다. 제철인 대하는 H백화점의 프리미엄 식품관에서 구입한 것이었다. 집 근처 대형마트는 자정까지 문을 열었지만 거기에는 남자가 좋아하는 두툼하고 알 굵은 새우가 없을 것 같았다. 그곳 청과물 코너의 채소들은 늘 시들시들했으며 정육 코너 냉장 진열대에서는 투 플러스급 한우를 눈 씻고도 찾아볼 수 없었다. 크리스마스 즈음의 와인 코너에는 작년 크리스마스에 궤짝으로 들여온 싸구려 와인들이 실온에 아무렇게나 쌓여 있곤 했다. 사시사철 검은 등산복 바지를 입는 늙은 남자들이 그 앞에서 망설이고 있는 모습을 보면 귀에 대고 소리쳐주고 싶었다. 그거 사지 마세요. 코르크 마개를 따자마자 썩은 냄새가 진동할 거예요. 마개를 비틀기만 해도 삭은 코르크 가루가 우수수 부서져 내릴 거라고요.

미영은 프라이팬 바닥에 쿠킹포일을 깔았다. 그 위에 굵은 소금을 뿌렸다. 비닐 팩을 벗겨보니 위에 놓인 것들에 비해 아래쪽에 깔린 새우 크기가 확연히 작았다. 반짝거리는 은빛 포일 위에 새우를 가지런히 올려놓고 가스레인지에 불을 켰다. 요리를 할 때면 아직도 언제 뚜껑을 덮어야 하고 또 언제 덮

지 않아야 하는지 헷갈리기 일쑤였다. 어떻게 할까 하다가 찬
장에서 뚜껑을 꺼내어 팬 위에 덮었다. 손잡이 꼭지만 스테인
리스로 된, 유리 재질의 뚜껑이었다. 5분쯤 지났을 때 그 일이
일어났다.

처음에 그녀는 가스가 터진 줄 알았다. 처음 듣는 굉음이 사
방에 울려 퍼졌고 온 싱크대 위에 깨진 유리 파편들이 수북이
쌓였다. 프라이팬의 유리 뚜껑이 폭발한 것이다.

*

지옥 속에서도 희망을 가져야 하는 게 인간으로서의 의무라
면, 지원의 희망은 딸이 쓰러진 것이 수학여행 중이 아니라 여
행에서 돌아온 날 밤이라는 것뿐이었다. 토요일 이른 저녁 여
행에서 돌아온 아이는 내내 안색이 창백했다. 거기서 무슨 일
이 있었느냐고 물어도 아니라는 대답 말고는 한마디도 하지
않았다. 저녁밥도 먹는 둥 마는 둥 제 방으로 들어갔다. 피곤
해서 그래, 잘래. 과일 몇 가지를 챙겨 방문을 열자 아이는 방
바닥에 옆으로 누운 채 공벌레처럼 동그랗게 몸을 말고 있었
다. 짧은 바지 아래로 맨허벅지가 훤히 드러났다.

춥다. 얼른 침대 위로 올라가.

지원의 잔소리에 아이는 억지로 몸을 일으켰다. 움직임이
이상하게 영 둔했다.

엄마, 불 좀 꺼줘.

아이가 높낮이 없는 음성으로 부탁했다. 불을 끄고 나오는 데 목덜미가 선뜩했다. 올가을 들어 처음으로 실내의 보일러를 켜고 거실에서 무릎담요를 덮은 채 텔레비전을 보았다. 티브이에서 지루한 토크쇼가 이어지는 동안 중국 출장 중인 남편에게서 전화가 한 통 왔고, 대학 동창이 급작스러운 부군상을 당했음을 알리는 단체 메시지가 한 통 왔다. 남편은 아이가 무사히 잘 다녀왔는지를 물은 다음, 내일이 자기 부모의 결혼기념일이니 잊지 말고 꼭 꽃바구니를 챙기라고 당부했다.

내년이면 금혼식이야. 결혼 50주년이 코앞이라니 정말 대단하고 멋지지 않아?

응, 그러네.

남편이 당신 혹시 졸다 깼느냐고 물어왔다. 으응. 그녀는 성의 없이 대꾸했다. 대학 동창 남편의 부음을 알리는 문자메시지에는, 미안한데 5만 원만 대신 내줄래?라고 답장했다. 저쪽에서 웃고 있는 이모티콘과 함께 은행 계좌번호가 적힌 메시지가 왔다. 빈소에 갈 시간을 내기가 애매하기도 했지만, 가깝지도 멀지도 않은 사이의 친구가 창졸간에 당한 불행을 눈으로 직접 확인 사살하는 증인이 되고 싶지는 않았다.

딸이 방문을 밀고 나온 것은 자정께였다.

보미야,

지원이 아이의 이름을 불렀지만 아이는 대답하지 못했다.

그 애는 아랫배를 부여잡은 채 거의 혼절하기 직전이었다. 바닥에 나뒹구는 아이를 그녀 혼자 힘으로는 떠받치기도 힘들었다. 구급차를 불렀다. 아이는 식은땀을 뻘뻘 흘렸다.

엄마, 나 안 가. 병원 안 가도 된다고. 진짜야.

표본실의 청개구리처럼 사지를 잔뜩 오그라뜨리고서도 아이는 계속해서 뇌까렸다. 맹장이 터졌느냐는 지원의 물음에 119 대원은 잘 모르겠다고 대답했다.

가장 가까운 종합병원 응급실로 모셔다 드릴 테니까 정확한 진단은 의료진에게 받으십시오.

구급차 안에서 어쩌면 변비가 재발했을지도 모른다는 의심이 들었다. 어릴 적 아이에게는 만성 변비가 있었다. 채소를 잘 챙겨먹지 않고 육류와 패스트푸드를 즐기는 어린이들에게 흔한 질환이었다. 지원의 딸은 탕수육을 먹을 때 단무지가 필요 없고 프라이드치킨을 먹을 때 절임무가 필요 없는 식성이었다. 일주일간 대변을 보지 못한 아이가 소아과에서 관장을 받았던 사건을 까맣게 잊고 있었다. 너 화장실은? 딸의 귀에 속삭여보았지만 들리지 않는 것 같았다. 아, 아파! 나 너무 아파! 엄마! 엄마! 아이는 애타게 엄마를 불렀다. 이 아이가 외치는 '엄마'는 진짜 나일까? 아니면 비명을 대체하는 습관적인 호명일까? 아이의 축축한 손을 꽉 잡은 지원에게 별스러운 의혹이 스쳤다.

주말 새벽의 응급실은 어수선했다. 간신히 침상을 배정받고 잠시 기다리라는 안내를 들은 뒤 10여 분가량 아무도 그들을 알은체하지 않았다. 잠시 후 찾아온 수련의에게 지원은 자신의 딸이 30분 넘게 방치되어 있었다고 소리 높여 항의했다. 그는 아이의 배를 이리저리 눌러보았다. 서두르는 것 같지도 않은 데다 왠지 어설픈 손놀림이어서 지원은 화가 머리끝까지 났다. 그가 던지는 몇 가지 질문에 딸은 전부 다, 모르겠어요, 라고 대답했다. 아이는 제대로 대화를 나눌 수 있는 상태가 아니었다. 채혈을 하고 나서 상황이 급박하게 바뀌었다. 산부인과 전문의가 달려왔다.

아기 곧 나오겠네요.

네?

지원은 알아듣지 못했다. 누구라도 그랬을 것이다.

태아 거의 다 내려왔어요. 분만실 바로 올라갑니다.

지원은 무슨 오해가 있는 것 같다고 더듬더듬 말했다. 그 뒤를 이어 일어난 일들을 그녀는 잘 기억할 수가 없었다. 보미는 이동침대에 실려 분만실로 옮겨졌다. 지원은 넋이 나가버렸고, 자신이 아주 흉한 꿈을 꾸고 있다고 생각했다. 그러지 않고서는 그 시간들을 견딜 수 없었을 것이다.

회복실에 내려온 아이는 입을 열 마음이 없는 것 같았다. 아이가 벽 쪽으로 돌아누웠다. 지원의 양팔은 아이의 등짝을 막무가내로 휘감았다. 안으려 하는 것인지 후려치려 하는 것인지 자신도 분간이 가지 않았다.

왜 말 안 한 거야? 왜 말 안 했어?

지원은 간절했고, 아이는 꿈쩍도 하지 않았다. 아이의 넓은 등이 바위처럼 단단했다. 열세 살에 이미 지원의 키를 넘긴 아이였다. 다이어트를 해야겠다는 얘기를 입버릇처럼 하던 아이가 한동안 잠잠하다 싶었다. 이제 철이 좀 드나 보다, 내심 반가웠다. 지원은 께름칙한 기미를 느끼지 못한 스스로를 향해 세찬 살의를 느꼈다. 한 달만 빨리 알았더라도, 아니 어제만 알았더라도 일이 이 지경까지 오게 하지는 않았을 것이다. 태아가 24주가 아니라 30주가 넘었어도, 지구 끝까지라도 끌고 가 수술시켰을 것이다. 거기 담겨 있는 것을 감쪽같이 없앴을 것이다.

누가 그랬니?

아이의 남자친구 이름이 별안간 떠오르지 않았다. 얼굴도 떠오르지 않았다. 지원은 그 남자아이에 대해 생각해본 적은 있었지만 심각하게 여긴 적은 없었다.

걔야? 걔, 맞아?

딸의 어깨가 미미하게 흔들렸다. 앉지도 서지도 못한 채 지원은 날숨만 몰아쉬었다. 뭘 해야 하는지 알 수가 없었다. 그녀는 무엇이든 할 수 있었다. 미친 짐승처럼 소리를 지를 수도 있고, 딸을 부둥켜안고 목 놓아 통곡할 수도 있고, 창문을 열고 아래로 뛰어내릴 수도 있었다. 그래도 달라질 게 없었다. 돌려놓을 수 없었다. 그녀는 오른손 주먹을 꽉 쥐고서 제 가슴을 때리기 시작했다. 가슴이 쿵쿵 울렸다. 온몸이 쿵쿵 울렸다. 아이가 고개를 돌렸다. 떼꾼한 눈으로 엄마를 바라보았다.

병실은 1인실로 결정했다. 이 아이를 산모들로 가득한 산과 병동 6인실에 넣을 수는 없었다.

걔는 알아?

아이가 고개를 끄덕였다. 지원은 한껏 음성을 낮춰 다시 물었다.

그리고 또? 또 아는 사람 있어?

아니, 우리만 알아.

우리, 라는 소리가 지원을 아연하게 만들었다. 남자아이는 일요일, 길이 어둑해진 시간에 왔다. 병실에 들어오려는 것을 지원이 필사적으로 막았다. 점퍼에 딸린 후드를 깊숙이 뒤집어쓴 소년은 가만있어도 휘청거리듯 보일 정도로 말랐고 키가 퍽 컸다. 그가 인사를 하기 위해 고개를 숙였을 때 지원은 시선을 내리깔았다.

너, 가라.

그녀는 바싹 마른 입술을 혀끝으로 축이며 간신히 말했다.

내가 너 보고 있을 자신이 없어. 빨리 가.

보미는요?

소년은 조심스러웠지만 주눅이 든 것 같지는 않았다. 머뭇거리다가 복도 끝 의자에 앉았다. 한 시간 뒤에도 소년은 그 자리에 있었다. 지원은 휴대폰을 만지작거리고 있는 그에게

다가갔다.

너희 엄만 아시니?

소년은 시선을 내리깐 채 대답했다.

아직 모르세요.

지원이 묻자, 그는 좀 머뭇거리는 듯했으나 곧 체념 어린 동작으로 제 어머니의 전화번호를 알려주었다.

*

프라이팬은 국내 주방 용품 브랜드인 M사의 제품이었다. 질 좋고 저렴한 코팅냄비와 코팅프라이팬을 생산해 지명도를 높인 유명 업체였다. 토요일, 고객센터의 전화는 연결되지 않았다. 업무 시간이 아니니 나중에 다시 걸어달라는 ARS음성만 되풀이되었다. 폭발한 뚜껑에서 부서져 나온 유리 파편들은 미영의 부엌 모든 곳에 날아가 박혔다. 절반쯤 익은 새우살 속에서도, 주방 마룻바닥의 갈라진 틈에서도, 개수대 앞에 걸어놓은 설거지용 스펀지에서도 아주 작고 날카로운 유리 파편들이 발견되었다. 그 조그맣게 바스라진 파편들을 일일이 찾아내어 조심조심 집어 올려 비닐봉지에 담는 일에는 가공할 만한 인내심이 필요했다. 뒤늦게 일어난 남자 역시 예상치 못한 사태에 놀란 것 같았다. 남자가 휴대폰을 꺼내 처참한 형태로 부서진 유리 뚜껑의 사진을 찍었다. 내가 치울게. 그가 팔을 걷어붙이고 나섰지만 그녀는 남자를 밀어냈다.

맨발이잖아요, 저리 가.

남자가 순순히 한 걸음 뒤로 물러났다.

이걸 다 어쩌지, 먹을 수 있는 게 하나도 없겠어.

그녀는 긴 한숨을 내쉬었다. 그래도 사람이 다치지 않은 게 천운이라고 남자가 위로했다.

그래도 어떻게 이럴 수가 있지.

미영의 입에서는 자꾸만 탄식이 흘러나왔다.

난 정말 아무것도 안 했어요. 뚜껑을 열어보지도 않았고, 가스 쪽으로는 가지도 않았는데, 왜 이런 일이 생긴 거죠.

남자는 미영의 과도한 낙담과 그에 이어지는 분노에 대해서 적이 당황하는 눈치였다.

유리가 열을 견디지 못한 거야, 단순한 사고라고. 미영 씨 잘못 아니야.

미영이 보기에 남자는 이 상황의 본질을 모르는 것 같았다. 또 한 번의 한숨을 쉬고 그녀는 차분히 말을 이었다.

지금 내가 잘못했냐고 묻는 게 아니에요. 아침부터 이렇게 된 게 불안하다는 것뿐이에요. 불길한 징조 같잖아요.

남자가 이해할 수 없다는 표정을 지었다.

아니, 어리석은 생각이야. 이건 그저 유리가 열의 압력을 못 견딘 것뿐이라니까.

진공청소기를 돌리던 미영이 비명을 지르며 주저앉았다. 유리 파편이 박힌 듯 새끼발톱 밑이 벌겠다. 이게 다 무슨 소용이냐고 그녀가 중얼거렸다.

유리 파편들은 우리 눈에 보이지도 않을 거예요. 걸을 때마다 발바닥에 스칠 거라고요.

남자가 쩝, 입맛 다시는 소리를 냈다. 그와의 일정은 토요일 오전까지만 계획돼 있었다. 남자가 골프연습장에 간다며 그녀의 집을 떠난 이후, 미영은 열 번도 넘게 M사 고객센터의 번호를 눌러댔다. 결국에는 홈페이지에 들어가 글을 남겼다. 귀사를 믿고 제품을 사용해온 소비자에게 이토록 큰 피해를 주다니 어떻게 하실 건가요? 게다가 연락도 되지 않다니요? 이대로 쉽게 넘어가지 않겠습니다. 조속히 사과하고 적절한 배상을 하지 않을 시에는 가능한 모든 조치를 강구하겠습니다. 이런 경우 더 크고 더 강하게 목소리를 높이는 사람이 결국 이기는 사례를 그녀는 너무 많이 보아왔다. 토요일이 지나고 일요일이 깊도록 M사에서는 소식이 없었다.

아이는 토요일 예정된 시간에 돌아왔다. 일요일엔 피곤하다며 종일 침대에 늘어져 있더니 오후 늦게 외출하는 차림으로 나왔다. 여자친구라도 만나러 가는 것 같았다. 그녀는 크게 신경 쓰지 않았다. 아들의 여자친구에 대해 그녀는 별다른 의견을 가지고 있지 않았다. 둘은 같은 학년의 다른 반이었고, 지난겨울 영어학원을 함께 다닌 이래 지금껏 가깝게 지내는 눈치였다. 여자애와는 오며 가며 두어 번 가벼운 인사를 나누었다. 소녀는 특별히 예쁜 얼굴도 미운 얼굴도 아니었다. 엄청나게 붙임성 있거나 인사성이 밝지는 않아도 어른에게 인사할 때 주머니에 넣었던 두 손을 빼 앞으로 모을 줄은 알았다. 요즘 아이인데 그만하면 되었다고 생각했다. 남자애치고 잔정 많고 다감한 아들은 여자친구에게도 그럴 것이었다. 너무 일찍 한 여자만 만나면 나중에 후회한다, 한 살이라도 어릴 때 다양한 사람들을 만나봐야 한다고 언젠가 제 외사촌 형이 반농담 삼아 충고한 적이 있었다.

다 그런 건 아니야.

아들이 꽤 진지하게 대꾸했다. 옆에서 못 들은 척했지만 미영은 은근히 놀랐다. 그 애의 얼굴은 조금 붉어져 있었다. 많이 컸구나 싶었다. 그녀는 그런 소년이 내심 우습기도, 대견하기도 했다.

다음 날은 오전부터 바빴다. 틈을 내어 M사 게시판에 들어가보았다. 답글은 달려 있지 않았다. 고객센터는 계속 통화 중이었다. 간신히 전화가 연결되었다.

고객님, 무엇을 도와드릴까요?

휴, 정말 통화 한 번 하기가 너무 힘드네요.

네, 죄송합니다, 고객님, 무엇을 도와드릴까요?

그러니까요, 저기 뚜껑이, 뚜껑이 폭발했거든요.

아 그러시군요, 고객님, 어떤 제품의 뚜껑인가요?

미영은 전화기를 감싸 쥐고 사무실 밖으로 나갔다.

프라이팬이에요.

네, 프라이팬이군요. 혹시 제품명을 알고 계십니까?

그건 모르겠는데요.

네, 모르시고요.

그럼 어떤 형태의 프라이팬인지 설명해주실 수 있으신가요?

미영은 주방 건조대 위에 엎어져 있을 프라이팬의 모양을
떠올려보았다.

일단은, 음, 둥그렇고요.

네, 고객님, 둥그렇고요.

그냥 일반적인 프라이팬인데, 조금 오목하기도 하고.

네, 조금 오목하기도 하고요.

상담원이 그녀의 말을 앵무새처럼 반복했다. 그녀는 갑자기
자신이 없어졌다.

아니 이거 보세요, 폭발한 건 프라이팬이 아니라 뚜껑이라
니까요!

처음 들었다는 듯 상담원이 살짝 목소리를 높여 응대했다.

아, 네, 뚜껑이요. 그럼 어떤 형태의 뚜껑인지 설명해주실
수 있으신가요?

유리예요, 유리로 된 뚜껑.

네, 강화유리 재질 말씀이시군요.

그런 식으로 끝없이 계속될 것 같던 상담원과의 통화는 그
쪽에서 이메일 계정을 알려주면서 일단락되었다. 폭발 후에

찍어둔 사진을 이메일로 보내달라고 했다.

왜죠? 진짠지 거짓말인지 눈으로 확인해봐야 한다는 건가요?

상담원은 여전히 깍듯했다.

아닙니다, 고객님, 본사 원칙이 그렇습니다. 사진상으로나마 제품명을 확인해야 하기도 하고요. 확인하고 나서 저희 쪽에서 다시 연락을 드리겠습니다.

찜찜하게 통화를 마친 순간 다시 전화벨이 울렸다.

여보세요.

생소한 음성의 여자였다. 낮고 음울한 목소리였다. 좀 전의 상담원과는 정반대였다.

승현 학생 어머니 되시나요?

여자는 단호하기도 하고 절박하기도 했다. 미영은 그 여자가 말하는 내용을 절반은 알아듣고 절반은 알아들을 수가 없었다.

*

여보세요.

남자아이 엄마의 목소리는 밝고 화사하고 상냥했다. 지원은 알았다. 밝고 화사하고 상냥한 어떤 세계가 자신의 인생에서 영원히 사라져버렸다는 사실을. 잠시 그런 것을 가장하거나 흉내 낼 수도 있겠지만 결코 진심일 수는 없을 것이다. 승현 엄마의 번호를 누르면서 지원은 마음을 다잡았다. 허둥대지 않을 것이다. 최대한 화를 누를 것이다. 말하려는 바를 확실하게 전할 것이다.

그쪽도 상황은 알고 계셔야 할 것 같아서요.

저편의 여자는 처음에는 어리둥절해했고, 어느 정도 사태를 인지하고 나자 급격히 당혹스러워했다. 아아, 네에. 그 여자에게는 어미를 길게 끄는 버릇이 있나 보았다. '아아, 네에,' 말고는 좀체 다른 말을 하지 않았다. 어쩌면 소년의 엄마는 이것이 악의적인 장난 전화거나 수신자를 착각한 전화라는 의심을 하고 있는지도 몰랐다. 지원은 급격히 불쾌해졌다.

병원에서 시간이 없다고 그러네요, 아기가 언제까지 인큐베이터에 있을 수는 없으니까요.

아아, 네에.

그러던 여자가 돌연, 저기요,라고 지원을 불렀다.

저기요, 그런데 제가 뭘 어떻게 해야 되나요?

지원은 자기도 모르게 언성을 높였다.

지금 무슨 말씀하시는 거예요? 우리 애가 지금 병원에 누워 있다고요…… 우리 애만 이렇게! 모든 책임을……

목울대가 부들부들 떨렸다. 더 이상 완결된 문장이 나오지 않았다.

아아, 저는 그러니까 그런 게 아니라……

저쪽의 여자는 변명하듯 말을 더듬고 있었다. 지원은 애써

호흡을 고르고 여자의 말을 막았다.

이것 보세요. 어떻게 할지는 그쪽에서 방법을 찾으셔야 하는 거 아닌가요?

승현의 엄마는 더 말을 잇지 못했다. 아직은 너무 이를 것이다. 지원은 생각했다. 여자에게도 시간이 필요할 것이다. 얼마간 지난 뒤에야 현실을 인식하기 시작할 것이다. 지원은 위어금니와 아래어금니를 지그시 눌러 씹었다. 더, 더 지독해져야 했다. 여자가 흠, 헛기침을 했다.

저 죄송한데요, 사실 제가 지금 직장에서 전화를 받아서요.

상대편 여자는 어느새 사무적인 목소리가 되어 있었다.

제가 저희 애한테 한번 확인을 해보고 다시 연락을 드리도록 하겠습니다.

지원이 병실에 돌아오니 아이가 보이지 않았다. 혹시나 싶어 신생아중환자실 쪽으로 가보았다. 딸은 어제부터 계속 아기를 보고 싶어 했다. 지원은 그 속없음에, 철없음에 기가 막혔다. 아침에 오늘은 꼭 아기를 보러 가겠다는 아이와 언쟁을 벌였다. 지원이 화를 내자 아이는 빽 소리쳤다.

왜 안 돼? 내 아기잖아!

중환자실 입구의 간호사가, 보미가 거기 와 있음을 확인해주었다. 한 번에 두 명까지 면회가 가능하다고 했다.

들어가시겠어요?

지원은 고개를 저었다. 아기와 한 공간에 있는 딸을, 아기를 안고 있는 딸을 제 눈으로 볼 용기는 없었다. 지원은 두려웠고 그것을 딸에게 들키고 싶지 않았다. 첫날 얼결에 스치듯 봤던 아기의 모습이 계속 지원을 따라다녔다. 아주 짧은 시간이었다. 앙상한 팔과 다리, 시뻘겋고 여윈 얼굴에 오종종 붙은 이목구비. 채 7개월을 채우기 전에 세상에 나온 아기는 인간이라기보다 어미 배를 억지로 가르고 꺼낸 새끼 유인원처럼 보였다. 그 어린 원숭이 같은 갓난아기가 잊히지 않았다. 무심코 아기를 본 그 순간부터 지원은 후회했다. 함부로 보지 말았어야 했다. 되돌릴 수 없는 일은 온당히 그래야 했다.

『막 엄마가 된 당신을 위한 임신과 출산의 모든 것』은 집에 남아 있지 않았다. 그사이에 그들은 네다섯 번의 이사를 했으므로 책이 언제 어떤 경로로 분실되었는지는 분명치 않았다. 미숙아에 대한 설명이 그 책 어디쯤에 나왔는지도 이제 지원은 가물가물했다. 아니다. 조산을 막기 위한 운동법에 대해서라면 몰라도, 미숙아에 대해 다루는 부분은 어디에도 없었다. 아기를 기다리는 여자 중에서 미숙아의 삶에 관심이 있는 이는 아무도 없을 테니까. 그건 운전면허를 따려는 이들이 교통사고 피해자의 사고 이후의 삶에 무관심한 것과 비슷한 이치였다. 아이는 면회 시간을 다 채우고야 복도로 나왔다. 지원은 딸의 어깨에 가만히 손을 얹었다.

엄마, 우리 아기 봤어?

아이는 천진하게 물었다.

응, 예쁘더라. 그리고 참 작더라,라고 지원은 말하지 않았다. 그녀는 딸에게 어떤 대꾸도 하지 않았다. 병실까지 아이를 부축해 걸었다. 보미는 어기적어기적 움직였다. 걸으면서 자꾸 손으로 한쪽 겨드랑이를 감싸 안았다.

엄마, 나 여기가 아파.

젖이 돌기 시작하는 모양이었다.

아까 간호사 언니가 모유 나오면 유축해서 가져오라던데. 아기 먹일 수 있대.

지원은 병동 스테이션으로 한달음에 달려갔다. 젖 말리는 약의 처방을 요청하자 젊은 간호사가 난감해했다.

상황 아시죠?

그녀는 낮지만 엄격하게 말했다.

그거 나오면 절대로 안 돼요, 얘 당장 학교 가야 된다고요.

지원은 자신의 의사를 똑똑히 전달했다. 병원 생활은 원하는 바가 있으면 큰 소리로 분명하게 이야기하지 않으면 안 된다는 사실을 새삼 알아가는 과정이었다. 그래도 해결되지 않으면 더 큰 소리로 이야기하는 수밖에 없었다.

김보미 산모 보호자시죠?

누군가가 그녀를 거짓말 같은 이름으로 불렀다. 뒤를 돌아보니 첫날, 신생아중환자실에서 만난 의사가 서 있었다.

제가 지난번에 동맥관 개존증 말씀드렸죠? 닫혀 있어야 되는 동맥관이 열려 있는 건데요, 동맥관이 뭐냐 하면.

과도하게 친절한 의사라고 생각했다. 지원에게 동맥관 뭐라고 하는 병은 중요한 게 아니었다. '김보미 아기'는 동맥관을 포함한 대부분의 내장 기능을 제대로 갖추지 못한 상태로 여기 왔다. '김보미 아기'는 불완전한 존재였다. 불완전하고 위태로웠다. 아기의 법적 보호자조차 되지 못하는 미성년자 김보미도 불완전하고 위태롭기는 마찬가지였다.

사흘째인데 아기가 정말 잘 버텨주고 있네요. 그렇지만 체중이 너무 빠르게 줄고 있습니다. 산소포화도도 나쁘고요. 수술을 빨리 할수록 좋습니다.

비교적 간단한 수술이라고 했다. 갈비뼈 사이를 자르고 열려 있는 동맥관을 묶어주면 된다고 했다.

수술을 하면요? 건강해지나요?

아 물론 그렇지는 않지만 일단 위험한 상황은 막을 수 있습니다.

하지 않으면요?

언제까지 버텨줄지 확신할 수 없습니다.

살 가능성이 없다곤 못 하지만 결국은 대부분 사망한다고 했다. 지원의 가슴이 뛰었다. 어쩌면 길은 끊어졌다고 생각한 바로 그곳에서 희미하게 다시 연결되어 있는지도 몰랐다.

매 끼니 몇 알씩 나오는 진통제에 흰 알약 반 개씩이 추가로 지급되었다. 유선에 작용하는 호르몬제였다. 빗물처럼 뚝뚝 듣던 젖이 저녁부터 딱 끊겼다. 보미는 빠르게 회복돼갔다. 미역국에 만 밥도 끼니마다 한 공기씩 비웠다. 더 이상 혼자 비밀을 안고 허덕일 필요 없이 홀가분해져서 그런지도 몰랐다. 퇴원은 화요일로 결정되었다. 별문제가 없는 자연분만 산모의 경우 2박 3일의 입원이 통상적이었다. 아무래도 한 주일은 결석을 해야 할 터였다. 일단 학교에는 맹장 수술을 받았다고 둘러대놓았다. 아이의 담임은 별 의심을 하지 않는 눈치였다. 감사한 일이었다. 지금으로서는 병결 처리 문제까지 고민할 여력이 없었다. 코앞으로 닥친 2학기 수행평가도 마찬가지였다. 퇴원 수속을 하러 가려는데, 처음 보는 여자 레지던트가 찾아왔다. 수술 동의서에 서명을 받으러 왔다고 했다.

나중에요, 나중에 할게요.

더 늦으면 안 된다는데요, 교수님께서.

뾰루지 몇 개가 오톨도톨 돋은, 화장기 없는 그녀의 민낯을 지원은 훔치듯 쳐다보았다. 우리 애보다 몇 살이나 많을까. 아홉 살? 열 살? 10년쯤의 시간이 지나고 나면 딸은 무엇이 되어 있을까. 10년 전에 대해 무엇을 기억하고 무엇을 잊었을까. 10년 전의 일에 발목이 묶여 옴짝달싹 못 하는 삶을 살고 있으면 안 될 것이다.

아직 마음의 준비가 안 되었어요.

지원은 책을 읽듯이 중얼거렸다.

더 생각해보고 말씀드릴게요.

레지던트는 눈썹을 한번 치켜 뜨고는 빈손으로 돌아갔다.

*

M사에서는 연락이 없었다. 고객센터는 계속 통화 중이었다. 미영이 보낸 이메일은 수신 확인되었으나 답신은 없었다. 프라이팬이나 냄비의 유리뚜껑이 갑자기 폭발한 사고는 의외로 드물지 않았다. 인터넷 검색을 통해 미영은 수많은 사례들을 찾아냈다. 피해자들은 대개 분통 터지는 심경을 호소하고 있었다. 해물탕이 맹렬히 끓고 있었어요. 청양고추를 썰어 막 넣으려던 찰나였는데, 뚜껑에 손을 가져갔을 뿐인데, 냄비에다 해물탕을 끓인 제 잘못인가요? 저는 미역국이었어요. 심지어 가스레인지에 불도 꺼진 상태였다고요. 아직도 아찔해요. 만약 유리 파편이 얼굴에 튀었으면 어쩔 뻔했나요? 눈에 튀었으면요? 그들을 한마음으로 분노하게 하는 것은 제품 제조사의 사후 대응이었다. 미안하다는 흔한 사과 한마디 없었어요. 미안하다고 하면 잘못을 시인하는 게 될까 봐서겠죠. 그들이 보상받은 것은, 폭발한 제품과 똑같은 뚜껑이었다. 간혹 뚜껑이 포함된 프라이팬 한 세트를 받았다는 경우도 있었다. 만약 M사에서 자신에게도 똑같은 뚜껑을 보내온다면? 미영은 그 뚜껑을 손에 들고 고객센터에 찾아가 바닥에다 힘껏 내던지는 상상을 했다. 유리는 산산조각이 나버릴 것이다. 아무리 상상을 해도 속이 시원해지지 않았다.

간단한 회식을 끝낸 느지막한 퇴근길, 집에 데려다줄까? 남자에게서 문자메시지가 왔다. 답장하지 않았다. P대학병원은 멀지 않은 곳에 있었다. 미영은 그쪽 방향으로 걸었다. 며칠 만에 바람이 부쩍 쌀쌀해졌다. 어디선가 날아오는 공기 중의 매캐한 기운이 잡념을 자꾸 흐트러뜨렸다. 병원 로비에 들어서자 참았던 취기가 올라왔다. 1층 승강기 옆에 붙은 층별 안내도를 한참 동안 들여다보았다. 중환자실 문은 닫혀 있었다. 면회 시간은 오후 12시 30분부터 1시까지라고 적힌 안내판이 보였다. 내일 낮엔 중요한 계약이 있는데. 아주 오랜만에 잡힌 빌딩 매매인데. 속으로 중얼거려보았다. 아기는 누구를 닮았을까. 얼마나 작을까. 작은 몸에 얼마나 복잡한 전선 여러 개를 달고 있을까. 눈은 떴을까, 감았을까. 이름이 있을까. 승강기는 올라갔던 속도만큼 빠르게 미영을 다시 1층에 내려놓았다.

다음 날 아침, 아들은 늦잠을 잤다. 요사이 넓지 않은 집에서 그들은 교묘히 서로의 동선을 피해 다녔다. 승현은 다 인정했고, 부인하거나 잡아뗄 마음 같은 건 애초부터 없었던 것 같았고, 그것이 그녀의 가슴을 찢어지게 했다.

엄마가 3년만 키워주면 되잖아요.

며칠 전에는 울먹이며 그렇게 말했다.

금방이잖아요, 내가 졸업만 하면.

그날 미영은 낳고서 처음으로 아이를 때렸다.

손바닥으로, 주먹으로, 닥치는 대로 마구 후려쳤다. 여자애의 엄마에게서는 그 뒤로 다시 전화가 오지 않았다. 나도 엄마인데 그 마음을 왜 모르겠나 싶어서 짠하기도 하고 못 견디게 불안하기도 했다. 혹시나 싶어 당장 융통할 수 있는 돈이 얼마인지 셈해보았다. 전액은 아니어도 성의껏 아기 병원비를 부담하는 것이 도의적인 책임일 터였다. 승현의 마음을 봐서라도 그래야 했다. 그건 미영의 마음이기도 했다. 그렇지만 돈으로 때우려 든다고 비난받을지도 몰랐다. 아니면 모든 것을 이쪽에서 끌어안고 가겠다는 뜻으로 오해받을 수도 있었다. 5백만 원까지가 그녀가 각오하고 있는, 위자료를 포함한 병원비 분담액의 상한선이었다.

승현을 깨우려다 그만두었다. 냉장고에 먹을 만한 재료가 별로 없었다. 아무래도 정신이 반쯤 나간 채 사는 게 분명했다. 시들기 직전의 오이와 계란 두 개, 유통기한이 간당간당한 햄을 꺼냈다. 냉동실에 얼려둔 식빵을 녹여 샌드위치라도 만들 작정이었다. 손에 잡히는 대로 프라이팬을 꺼내고 보니 폭발 사고가 났을 때 사용하던 그 팬이었다. 계란프라이를 하고 햄을 굽는 데 뚜껑은 필요 없을 거였다. 팬을 가스 불에 올렸다. 조심조심 계란을 깨뜨렸다. 계란은 좀처럼 익지 않았다. 문득 이상한 기분이 들었다. 미영은 수납장을 열어보았다. 분명 그녀의 눈앞에서 산산조각 나버렸던 유리 뚜껑이 그 안에 얌전히 들어 있었다. 강화유리는 단 하나의 흠집도 없이 반짝

반짝 빛났다. 익어가는 계란프라이 위에 덮어보았다. 꼭 맞았
다. 수납장 안에 든 냄비와 프라이팬, 그리고 뚜껑 들을 모두
꺼냈다. 하나씩 짝을 맞춰보았다. M사 프라이팬의 뚜껑은 하
나인데, 본체는 두 개였다. 홈쇼핑에서 두 개짜리 세트를 할인
가에 구입했던 기억이 그제야 났다. 두 프라이팬은 손잡이 색
깔이 달랐다. 남아 있는 유리 뚜껑은 회색 손잡이 팬에는 꼭
맞았고, 검은 손잡이 팬에는 아주 조금 작았다. 깨져버린 뚜껑
은 회색 손잡이 프라이팬보다 지름이 아주 조금 컸을 것이다.
같아 보이지만 달랐다. 그 단 몇 밀리미터의 차이에 대해, 그
어긋남에 대해, M사는 벌써 눈치채고도 남았을 것이다. 속수
무책으로 나뒹구는 유리 파편들과 그 옆에 반쯤 찍힌 흐릿한
프라이팬의 이미지만 보고서도 전문가들은 단박에 제품번호를
알아맞혔으리라. 새 코팅프라이팬은커녕 온전한 뚜껑 하나 보
상받지 못하게 된 게 억울해서, 아니 그보다 그깟 프라이팬 하
나로 거짓말쟁이가 되어버린 게 속상해서 그녀는 깊은 한숨을
내뱉었다. 이제 정말 아이를 깨워야 할 시간이었다.

*

　딸의 교복은 헐렁해 보이지 않았다. 아기를 가졌을 때 체중
이 거의 늘지 않았다는 뒤늦은 증거였다. 오로가 조금씩 나왔
지만 중형 생리대로 커버할 수 있는 정도였다. 오래 앉아 있는

게 힘들다고 아이가 말했다. 그래도 계속 결석을 하게 할 수는 없었다. 아이는 의무와 책임에 대해, 매일 하는 일의 귀중함에 대해 배워가야 했다. 지원은 아이를 옆자리에 태우고 학교 앞까지 갔다. 차를 세우고 교문에 잘 들어가는지를 두 눈으로 확인했다. 끝나는 시간에 맞춰 다시 데리러 올 것이다. 사후약방문이라 해도 괜찮았다. 그것은 스스로에게 하는 다짐 같은 행위였다. 아이를 내려주고 나서 대형마트에 들렀다. 출장 갔던 남편은 오늘 저녁 비행기로 돌아올 예정이었다. 그에게 할 말은 준비하지 않았다. 평생 숨기지는 않겠지만, 언제가 적합한 때인지는 판단하기 어려웠다. 남편이 승현을 찾아가 피투성이를 만들어놓을 만한 위인이라면 달라졌을까? 무엇보다 그가 제 부모에게 쪼르르 고해바칠 가능성이 가장 염려되었다. 시어머니에게서 시누이들로, 그 배우자들로, 그 배우자들의 친구들로, 그 친구들의 친구들로, 모두 쉬쉬하는 사이에 희한한 소문이 온 세상으로 퍼져나갈 것이다.

청과 코너에서 배를 고르고 있는데 전화벨이 울렸다. P대학병원으로 추정되는 국번이었다. 지원은 얼른 배를 내려놓고 주위를 둘러보았다. 아기는 오늘로 15일째 인큐베이터 안에 있었다. 동맥관을 묶는 수술은 계속 유보 중이었다. 사흘 전에도 병원 측에서 이제 결정을 하셨느냐는 연락이 왔다. 그때도 그녀는 아직,이라고 했다. 이번 주 금요일까지는 어떻게든 답을 하리라고 지원은 결심하고 있었다. 그렇지만 마음속에 정해둔

마감일이 자꾸만 저절로 연기되는 것을 그녀도 어쩌지 못했다. 한 손으로 입을 가리고 전화를 받았다.

지금 빨리 오셔야겠습니다.

무슨 일 있나요?

아기가 새벽까지는 잘 버텼는데 아침부터 산소포화도가 많이 떨어졌습니다. 심박도 안 좋고요. 오늘을 넘기기가 어려울 수도 있을 것 같습니다.

손바닥으로 가린 입술 사이에서는 무거운 장탄식도, 웃음도 새 나오지 않았다. 그녀는 다시 길 위로 나섰다. 사고가 났는지 도로에 정체가 심했다. 누군가 울린 경적 소리가 신호탄이 되어 운전자들이 너도나도 클랙슨을 눌러댔다. 참을 수 없을 만큼 끔찍한 소리라고 지원은 생각했다. 운전대에 엎드려 울 수도 없었다. 하늘이 유난히 새파랬다. 파란 빛깔의 돔형 지붕이 이 세계를 뚜껑처럼 덮고 있는 것 같았다. 거대한 뚜껑이었다.

우리 안의 천사

그때 우리는 함께 살았다. 어느 일요일 오후 나는 『벼룩시장』을 방바닥에 깐 채 발톱에 페디큐어를 칠하고 있었다. 남우는 침대에 누워 천장을 바라보고 있었다. 남우가 뭐라고 중얼거리는 소리가 들렸다. 누구나 죽는다고, 아니면 누군가 죽었다고 한 것 같기도 하다. 남우가 무거운 몸을 뒤척이자 침대 프레임이 삐걱거렸다. 갑자기 그가 매트리스를 주먹으로 퍽 내리쳤다. 그것은 그동안 내가 목격한 남우의 행동 가운데 가장 폭력적인 것이었다. 나는 하던 일을 멈추고 고개를 들었다.

누가 죽었다고?

아니라고 남우가 말끝을 흐렸다. 나는 기분이 이상해졌다. 확실히 그즈음 남우는 미묘하게 변했다. 우리가 같이 살기 시작한 지도 1년이 다 되어가고 있었다. 같이 살아야겠다는 결정을 내릴 무렵 우리는 서로에게 푹 빠져 있었다. 남우는 선배와, 나는 전 직장의 동료와 함께 방을 얻어 살았는데 우리는 각자의 룸메이트가 없는 시간을 틈타 서로의 방을 찾곤 했다. 한번은 남우의 방에서 사랑을 나누고 있을 때 갑자기 현관 비밀번호 누르는 소리가 들려왔다. 나는 아무것도 걸치지 않은 몸으로 허둥지둥 화장실로 숨어야 했고, 사정을 파악한 남우의 룸메이트가 서둘러 돌아 나간 뒤에야 그곳을 빠져나올 수 있었다. 마침, 내 룸메이트가 결혼하고 남우의 룸메이트가 외국에 가게 되는 시기가 비슷하게 겹치자 우리는 각각 새 동거인을 구하는 대신 서로의 동거인이 되기로 결정했다.

생활비에 관해서는 애당초 원칙을 세웠다. 월세와 공과금은 반분하기로 했고 식료품비와 외식비는 일정액을 똑같이 각출하여 공동 명의의 통장에 넣어두고 사용하기로 했다. 살다 보니 이 기본 원칙으로는 판단하기 힘든 상황이 속출했다. 남우가 데려온 강아지 애니의 병원비 같은 부분이 그랬다. 노견인 애니는 잔병이 많았고 남우는 그때마다 동물병원으로 달려갔다. 진료를 마친 후 그는 당연하다는 듯 공통의 생활비가 들어 있는 카드로 계산을 했다. 그의 개는 얼마 전부터 걸을 때마다 뒷다리를 조금씩 절룩이는가 싶더니 어느 저녁 별안간 일어서지 못했다. 수의사는 척추 내부에 생긴 악성종양이 신경을 누르고 있다는 진단을 내렸다. 당장 수술하지 않으면 며칠을 못 넘긴다는 설명을 들으며 나는 불안해졌다. 남우는 대기실 한구석에 얼굴을 처박은 채 흐느끼고 있었다. 그가 우는 모습을 처음 보았다. 수술 비용이 얼마인지는 내가 물었다. 2백만 원쯤이라고 했다. 내 월급보다 많은 액수였다. 수술만 하면 살 수 있느냐고 물은 것은 남우였다. 열어봐야 알기 때문에 확신할 수는 없지만 절반의 희망은 있다는 대답이 돌아왔다. 남우가 힘껏 고개를 끄덕였다. 남우는 암흑 속에서 한 줄기 구원의 빛을 발견한 사람으로 보였다. 나는 일이 이상하게 돌아간다는 느낌에 휩싸였다.

그 말은, 잘못될 가능성이 50퍼센트라는 거잖아요?

동물병원 대기실에서 이런 나의 반박에 대꾸하는 이는 아무도 없었다. 남우의 귀에는 이미 내 목소리 따위는 들리지 않는 것 같았다. 이 공간에서 가장 절박한 사람은 나라는 것을 알았다. 살리려는 의논은 크게 말할 수 있어도, 죽이려는 의논은 그렇게 할 수 없는 것이다. 나는 쉽게 판단할 일이 아니라고 남우를 설득했다. 생명을 억지로 연장하는 게 능사는 아니지 않느냐고도 했다.

일시적으로 고비를 넘길지는 몰라도 그건 애니의 고통이 연장된다는 의미일 거야.

남우가 내 눈을 뚫어지게 바라보았다. 잠시 후 그는 내 어깨에 두 손을 얹었다.

애니는 나한테 유일한 가족이야. 지금 한 말, 안 들은 걸로 할게.

응급 수술은 성공적으로 이루어졌다. 애니의 종양은 무사히 제거되었고 애니는 뛸 수 없는 개가 되었다. 회복실 앞에서 나는 웃을 수가 없었다. 남우가 깨어난 애니를 품에 안고 감격을 만끽하는 동안 그가 과연 어떤 신용카드로 결제할 것인지에 신경이 곤두섰다. 그런 속내를 아무에게도 드러낼 수 없다는 데에 짙은 외로움을 느꼈다. 남우가 지갑에서 꺼낸 것은 우리가 공동으로 사용하는 카드가 아니었다. 그는 자신의 신용카드로 2백만 원을 일시불 결제했다. 피트니스센터의 파트타임 트레이너인 남우가 버는 돈은 나와 비슷하거나 조금 적을 터였다. 그가 나를 위해 2백만 원의 돈을 한 치의 망설임도 없이 내미는 모습을 상상하다 멈추었다. 강아지의 목숨과 내 목숨을 동일한 저울에 달아놓고 측정하고 싶지는 않았다.

그날 밤 우리는 크게 다투었다. 표면상의 이유는 남우가 침대에서 내 속옷 속으로 손을 집어넣었고 가임 기간이라 밝혔음에도 동작을 멈추지 않은 것 때문이다. 나는 벌떡 일어나 앉았다. 침대 머리맡의 스탠드를 켰다. 남우가 눈가를 찌푸렸다. 평소 우리는 유니더스 초박형 콘돔을 인터넷에서 최저가로 구매해 사용하고 있었다. 남우는 서랍 속의 콘돔을 꺼내려고도 언쟁을 그만두려고도 하지 않았다. 남우가 말했다.

왜 너는 항상 미리 걱정하지? 문제는 생기기 전에 걱정하는 게 아니라 생긴 후에 해결하는 거야.

그 문제가 구내염이 재발하거나 발목 인대가 늘어나는 문제하고는 완전히 다르다는 것을 그는 모르는 척하고 있었다.

아니. 내 인생엔 아무 문제도 생기지 않아. 이 좁은 방에서, 죽어가는 개 옆에서, 애를 키우는 일은 일어나지 않아, 절대로.

내 말이 채 끝나기도 전에 남우가 스탠드의 스위치를 탁 껐다. 침대 발치에 작은 몸을 잔뜩 웅크린 애니의 실루엣이 보였다. 나와 남우는 각자의 어둠 속에서 몸을 뒤치다 잠들었다. 하루하루가 지나갔다. 곧 원룸 계약 만료일이 다가오고 있었다. 1년 치 월세계약을 갱신하는 문제에 대해 남우와 이야기를 나눠보지 않았다. 남우도 나에게 묻지 않았다. 이제 나는 우리 사이에 남은 것은 헤어짐뿐이라고 생각하게 되었다. 그 헤어짐이 동거의 종료를 의미하는 것인지 아니면 연인 관계의 근본적인 종결을 의미하는 것인지는 알지 못했다. 남우의 말대로 미리 걱정할 필요 없는 일이라는 것만은 알았다.

발톱에 칠한 네일 에나멜은 쉽게 마르지 않았다.

미지야.

나와 등을 돌리고 누워 무언가를 골똘히 생각하던 남우가 불쑥 내 이름을 불렀다.

얼마 정도가 있으면 평생 살 수 있을까?

나는 어떻게 사느냐에 따라 다르지 않겠느냐고 대답했다. 남우는 대꾸가 없었다. 이내 그는 급한 일을 잊고 있었다는 핑계를 대고는 밖으로 나가버렸다. 우리가 함께 쉬는 유일한 날은 일요일뿐이었다. 지금껏 나와 남우는 모든 일요일들을 같이 보내왔다. 빈방에 앉아 나는 월요일이 되면 부동산에 가야겠다고 결심했다. 현재의 월세 보증금 절반으로 방을 구할 수 있는 동네를 찾아봐야 할 것이었다.

드물게 햇살이 좋은 오후였다. 이불 빨래라도 할 요량으로 붙박이장의 문을 열었다. 이불 더미 옆에 처음 보는 검은색 트렁크가 놓여 있었다. 꽤 고급스러워 보이는, 기내 반입용 사이즈의 가방이었다. 남우가 이런 물건을 가지고 있었던가. 나는 한 손으로 가방을 들어보았다. 묵직했다. 자물쇠도 없었고 비밀번호도 설정되어 있지 않았다.

가방은 맥없이 열렸다. 가방 안에 차곡차곡 쌓인 것은 5만 원권 뭉치들이었다. 돈다발이 가방 안을 꽉 채우고 있었다. 종이 뭉치 쪽으로 손을 뻗으려다 멈칫했다. 어느새 애니가 발치에 다가와 있었다. 늙은 개가 모든 것을 다 아는 듯한 말간 눈동자로 나를 빤히 올려다보았다. 나는 급히 가방을 닫았다.

그러잖아도 얘기하려고 했어.

남우는 비교적 덤덤했다. 3분의 1쯤 열려 있던 창문을 닫고 블라인드까지 내리고 와서 그는 말문을 열었다.

믿기 힘들면 안 믿어도 돼.

그 순간 내가 이 이야기를 듣기 전으로 돌아갈 수 없으리라는 예감이 들었다. 그는 얼마 전 일터로 한 남자가 찾아왔다고 말했다. 피트니스센터 1층의 커피숍에서 그 남자는 남우에게 자신의 정체를 고백했다. 남자는 그의 형이었다.

어떤 형을 말하는 거야?

내 물음에 남우는 친형,이라고 대답했다.

형제 없다고 했잖아.

응, 그랬었지.

남우가 내 눈을 피했다.

그런데 있었어.

당혹스러웠다. 남우는 나와 처음 만났을 때부터 자신은 어머니와 쭉 둘이서만 살았다고 말했다. 그렇지만 이모들이 많아서 사랑을 많이 받고 자랐다고도, 가족의 의미가 무엇인지 잘 안다고도, 어머니는 돌아가셨지만 여전히 외가 식구들과 자주 왕래하며 지낸다고도 했다. 묻지 않은 말들이었다. 그는 아버지에 대해서는 한 번도 구체적으로 말한 적이 없었고 나도 묻지 않았다. 아버지라면, 내 아버지에 대해서도 전혀 궁금하지 않은데 남의 아버지를 궁금해할 까닭이 어디 있겠는가. 허를 찔린 느낌은 그의 거짓말 때문이 아니었다. 남우가 작정하고 남을 속이는 행동 같은 건 못 하는 남자라고 철석같이 믿어왔기 때문이다.

친형은 친형인데……

남우가 잠시 뜸을 들였다.

반쪽만 친형이야.

우리는 잠시 침묵했다.

나도 몰랐어. 아주 어렸을 때 한 번 본 적은 있었지만 그 후론 만난 적도 없다고.

뭐 흔하지는 않지만 있을 수도 있는 일이었다. 나의 부모만 해도 오래전에 헤어졌고 각자 새로운 사람을 만나 잘 살고 있었다. 나도 그런 사실을 남우에게 말한 적 없었다. 내가 진심으로 궁금한 것은 하늘에서 뚝 떨어진 친형과 저 현금 다발의 상관관계뿐이었다.

그럼 저 가방을 형님이 준 거야?

남우가 고개를 끄덕였다.

혹시 유산이라도 나눠 받은 거야?

그런 거 아니야, 아직.

남우의 눈동자가 순간적으로 흔들렸다 멈추는 것을 나는 보았다.

아직,이라는 말 속에 숨겨진 의미를 그때는 몰랐다. 나는 그 가방 속의 돈뭉치가 남우가 뒤늦게 받게 된 위로금이나 밀린 양육비쯤 되는 모양이라고 멋대로 짐작해보았다. 어쨌든 그는 운이 좋은 축에 속했다. 잃어버린 가족을 찾았다고 모두가 행복하기만 한 것은 아니니까. 내가 가까이서 보아온 삶들은 달력 속의 평화로운 풍경화 같은 것이 아니었다. 반쪽짜리 형인지 온전한 형인지보다 중요한 건, 뺏어가는 쪽인가 쥐여주는 쪽인가 하는 것이다. 나에게는 남우가 그것을 벽장 속에 계속 보관할 것인가만이 관심사였다.

받긴 했지만 쓸 수는 없는 돈이야.

세상에 쓸 수 없는 돈이 어디 있어?

미지야, 세상에는, 그냥 쓸 수 있는 돈은 없어.

나는 기분이 상했다. 어쩐지 시험당하는 기분이었다. 남우는 지금 저 가방의 소유자가 명백히 자신임을, 나는 제삼자일 뿐임을 은근하게 강조하고 있는 것이다. 내 목소리가 팽팽해졌다.

저걸 쓸지 말지는 네 맘이지만 여기 놔두는 건 문제가 달라. 여기는 우리 두 사람의 공동 공간이고 저 벽장도 마찬가지니까. 이 동네가 별로 안전한 곳이 아니라는 건 너도 잘 알겠지만.

내 말은 거짓이 아니었다. 실제로 몇 달 전에 이 원룸 건물에 좀도둑이 침입해 경찰이 다녀간 적도 있었다. 이곳이 얼마나 안전하지 않은지 강조하고 나니 벽장에 있는 게 돈가방이 아니라 시한폭탄인 것처럼 느껴졌다. 어디선가 째깍째깍 초침 흐르는 소리가 들려오는 것 같았다. 내가 일어서려 하자 남우가 다급히 팔을 잡았다. 그는 사방을 한번 둘러보더니, 구국비밀결사대의 조직원처럼 비장하게 말했다.

그건 일종의 예약금 같은 거야.

뭘 예약했는데?

죽음.

나는 남우의 앙다문 턱을 말끄러미 바라보았다.

인터넷 포털사이트의 검색창에 '최동우'라고 치면 제일 윗줄에 '최동우성형외과' 사이트로 가는 링크가 뜬다. 그러나 그곳으로는 갈 수 없다. 이 사이트의 서비스 기간이 만료되었다는 메시지가 뜨기 때문이다. 한때는 존재했으나 지금은 흔적만 남아 있는 그 곳의 대표원장이 남우의 형이라고 했다. 구글을 뒤져보니 푸른색 수술복을 입은 최동우라는 이름의 의사 사진이 한 장 나오기는 했다. 언제 찍었는지 모르지만 나이를 가늠하기 어려운 얼굴이었다. 그는 날렵해 보이기도 하고 친절해 보이기도 하고 피로해 보이기도 하고 사악해 보이기도 하는 남자였다. 아무리 뜯어봐도 내 눈으로는 최동우의 얼굴과 남우의 얼굴 사이에 닮은 부분을 찾아낼 수 없었다. 어느 쪽이 부계를 닮았는지는 부친의 얼굴을 보기 전에는 판단할 수 없는 일이었다. 두 남자의 아버지인 노인의 사진은 인터넷을 아무리 뒤져도 나오지 않았다. 남우는 아버지의 사진을 한 장도 가지고 있지 않았다. 그는 1988년 이후 아버지의 실물을 본 적이 없었다.

남우는 그동안 이복형과 열 번에 걸쳐 만났다고 했다. 일주일에 두세 번 꼴이었다. 웬만한 연인의 데이트 횟수보다 잦았다. 둘은 주로 커피숍에서 시간을 보냈다. 성형외과 전문의인 마흔넷의 남자와 헬스 트레이너인 서른 살 남자가 심야에 커피를 앞에 두고 나눌 수 있는 공통의 화제가 무엇일까. 건강에 관한 얘기를 많이 한다고 남우는 말했다.

병원이 망한 다음에 한동안 술만 마셨나 봐. 그때 몸이 많이 상했대.

남우의 음성에서 걱정이 묻어났다. 그들은 어머니가 다르고 성(姓)도 달랐다. 최동우가 친부의 성을 따른 것과 달리 남우는 어머니를 따라 김씨가 되었다. 최동우는 노인의 가족관계 증명서에 올라 있는 단 하나의 자식이었다. 그 사람이 정말 친형 맞느냐고 나는 다시 물었는데, 그 안에는 네가 그 노인의 친자인 것이 확실하냐는 속뜻이 담겨 있었다. 남우는 아마도, 라고 했다. 자기 이름이 남녘 남(南) 자를 쓴 남우이고, 형님의 이름이 동녘 동(東) 자를 쓴 동우인 것을 보면 맞지 않겠느냐고 했다. 최동우의 어머니는 동해안에 사는 여자였고, 남우의 어머니는 남해안에 사는 여자였다는 것이다. 황당하기 그지없는 증거였다. 그러면 전국 방방곡곡에 다채로운 성씨의 서우, 북우, 북북우, 남동우, 동서우 등등의 이름이 존재하지 않는다는 보장이 어디 있겠는가. 그게 무슨 상관이냐고 남우가 반문했다.

형님이 찾은 동생이 나 하나뿐이니까. 그거면 됐다고 생각해.

최동우가 남우를 찾은 것은, 용건이 있어서였다. 그는 남우에게 '천지 프로젝트'의 파트너가 되어달라고 제의했다.

천지?

응. 그게 빌딩 이름이야.

하늘 천, 땅 지. 그 이름만큼, 프로젝트의 개요도 단순명료
했다. 첫째, 노인이 죽는다. 둘째, 법률상 그의 독자(獨子)인
최동우가 천지빌딩이 포함된 노인의 모든 자산을 상속받는다.
셋째, 최동우가 상속받은 유산의 일부를 남우와 나눈다. 그게
다였다. 셋째 조건이 이행되기 위해서는, 필히 첫 과정에 남우
가 참여해야 했다. 이것이 한쪽의 일방적인 복종 계약이 아니
라 양측의 합의를 기반으로 하는 상호 평등한 계약이기 때문
이다. 남우가 계약을 이행하는 방법은 간단했다. 노인을 죽음
에 이르게 하면 되었다.

죽이는 것과는 다릅니다.

남우의 형은 남우에게 깍듯한 경어를 썼다. 그것은 남우에
게 다정함과 긴장감을 동시에 불러일으켰다.

시기를 조금 앞당기는 것뿐입니다. 사람은 누구나 죽으니까.

궤변이지만 묘하게 설득력 있는 의견 아니냐고 남우가 내게
물었다.

말문이 막혔다. 누구나 죽는다. 그것은 분명히 과학적 사실
이다. 그러나 때를 결정하는 것은 인간의 영역 밖, 신뿐이지
않은가? 인간은 다만 겸허히 기다리는 존재이지 않은가? 나는
대답 대신, 내게는 그 프로젝트가 이해하기 힘들고 불완전하
게 느껴진다고 말했다. 이 계획의 핵심은 첫번째 과정이다. 그
게 선행되지 않으면 아무 일도 일어나지 않는다. 그런데 그 남

자는 가장 중요한 그것을 남우에게 맡기려고 한다. 남우는 나약했다. 남우는 실수하거나 변심하거나 배신할 수 있었다. 최동우는 남우를 잘 모른다. 그런데 왜 믿는가? 믿는다고 말하는가? 나는 이 계획에서 그 부분이 가장 껄끄러웠다.

형제니까.

남우가 천천히 대답했다.

나도 처음에는 좀 이상했지만,

생각을 거듭하다 보니 최동우를 이해할 수 있었다고 한다.

형님이 그러더라고. 나와 협력하는 것이 아버지에 대한 마지막 효도라고.

평생 수전노 소리 들으며 지독하게 모은 재산인데 그 일부라도, 생판 남에게 떼어주는 건 자식 된 도리가 아닌 듯하다고 말이다. 그러면 누군가와 나눌 필요 없이 모든 과정을 형님 혼자서 다 하시면 되지 않느냐고 남우가 의문을 제기하자 최동우는 허허 웃었단다.

동생 눈에는 내가 그렇게 용기 있는 인간으로 보입니까. 나는 무서워서 못 합니다.

아, 저도 용기는 별로.

아니. 동생은 나보다 훨씬 더 용감합니다. 혼자 힘으로 이렇게 잘 살아왔지 않습니까.

그 남자가 그렇게 말하는데 날카로운 것이 가슴을 스치고 지나갔다고 남우는 고백했다.

이건 혼자 할 수 있는 일이 아닙니다. 동생과 내가 함께 해야 합니다. 그래야 둘이 평생 서로 지켜보며 살아갈 것 아닙니까. 다시는 허튼짓 못 하도록. 선량하게 살도록. 우리가 그렇게 서로 돕고 의지하면서 살아간다면 아버지도 안심하실 겁니다.

노인의 재산이 정확히 얼마나 되는지는 최동우도 모른다고 했다. 종로의 상가 건물인 천지빌딩 외에도 인천과 수원 중심가에 비슷한 건물이 각각 하나씩 있고, 그 밖에도 전국 여기저기에 땅이 많다고 했다. 상속이 완료되는 즉시 최동우는 천지빌딩을 현대적으로 매끈하게 리모델링할 것이고 인천과 수원의 건물을 급매할 예정이었다. 세금을 제외한 매각 대금은 안전하게 현금화할 것이고 그것을 남우와 5대 5로 나누겠다고 했다. 그는 제 몫의 3분의 1은 채무를 변제하는 데 쓸 것이며 나머지는 새 병원의 개업 비용과 유학 가 있는 아이들을 위해 사용할 것이라 했다. 자식들이 음악을 공부한다고 했다. 리노베이션으로 천지빌딩의 건물 가치가 높아지면 세입자들을 물갈이할 예정이었다. 남우가 원한다면 그곳에 직장인 대상 피트니스센터를 차려도 좋다고 했다.

뭐라고 대답했어?

생각해본다고 했어.

애니가 남우의 무릎 위에 앞다리를 올리며 끙끙거렸다. 남우가 늙은 개의 목덜미를 손바닥으로 천천히 쓰다듬었다. 그 모습을 바라보다가 나는 아까부터 내내 마음에 걸렸던 것을 물었다.

그런데 이 이야기를 왜 나한테 다 하는 거지?

남우의 눈이 둥그레졌다.

사랑하니까.

그것은 예상하지 못한 답이었다. 증인이 필요해서, 같은 정도의 대답을 나는 기대하고 있었던 것 같다. 나에게는 그가 위급한 상황에 처했을 때 기꺼이 증언해줄 만큼의 작은 용기는 있으니까. 혹시 법정에 서게 되면, 얼마간의 위증일지라도 최동우와 김남우 중에 김남우에게 유리한 방식으로 진술할 것이다. 세상 사람들은 그런 것을 사랑이라고 부르는지도 모르겠다.

너였어도 나한테 다 말했을 거야.

남우가 말했다. 아니 그는 틀렸다. 나였다면 그렇게 하지 않았을 것이다. 아무에게도 말하지 않았을 것이다. 어떤 감정이 나를 먹구름처럼 부풀게 만들었다. 남우가 개를 바닥에 내려놓고 나를 안았다. 남우의 가슴팍은 내 상체가 푹 파묻힐 만큼 널따랗고 단단했다. 한참 동안 그는 꿈쩍도 하지 않았다. 나도 움직이지 않았다. 이렇게 함께 멈춰 있는 것이 아주 오랜만이라는 것을 알았다. 위층 어딘가에서 변기 물 내리는 소리가 들려왔다.

며칠 후 버스를 타고 가다가 천지빌딩을 보았다. 그 길을 지나가기 위해 나는 일부러 돌아가는 버스를 탔다. 건물은 크지 않은 사거리 대로변에 있었다. 나를 태운 버스가 마침 신호에 걸려 멈추었으므로 꽤 한참 동안 창밖을 바라볼 수 있었다. 천지빌딩은 예상보다 훨씬 육중하고 낡은 건물이었다. 날렵하게 빠진 신축 빌딩들로 둘러싸여서 더 그렇게 보이는 듯했다. 크고 작은 간판들이 외벽 전체에 다닥다닥 어지러이 붙어 있었다. 편의점, 약국, 커피숍, 한의원, 치과, 냉면집, PC방, 중국어학원…… 나는 1층부터 한 층씩 차례로 세어보았다. 1층, 2층, 3층…… 자꾸만 틀렸다. 어느새 신호가 바뀌었고 건물이 시야에서 빠르게 멀어졌다. 나는 멀어져가는 천지빌딩 꼭대기 층의 가장 끝 방, 내가 한 번도 가보지 않은 그 방과 그 방의 노인에 대해 떠올렸다.

노인은 일흔세 살이었다. 마지막 여자가 오래전 떠난 이후 줄곧 혼자 살아왔다. 이제 그는 아무도 믿지 않는 노인이었다. 그는 자신이 정해놓은 패턴대로 살았다. 매일 아침 지하철과 도보를 이용하여 출근했고 매일 늦은 저녁 퇴근했다. 그에게는 지병인 1형 당뇨가 있었다. 한때 몹시 위험하던 시간을 지나왔다. 고비를 넘기고 나서 그는 말수가 퍽 늘어났는데 대부분을 건물의 세입자와 고용인을 다그치거나 나무라는 데 사용한다고 주변 사람들은 생각하고 있었다. 건강에 대한 집착이 엄청나다고, 그 집착은 해가 갈수록 점점 더 끔찍하게 불어나기 때문에 그대로 놔두면 20년은 너끈히 더 버티실 거라고, 이것은 아들로서가 아니라 의사로서 예측하는 바라고 최동우는 남우에게 말했다. 20년 후면 자신은 환갑이 넘었을 것이며 지금의 재정 상황으로 보면 진즉에 파산하여 감옥에 있을 가능성도 크다고 말할 때는 정색을 했다.

아니면 필리핀이나 캄보디아 같은 곳에 숨어 살고 있겠지요. 타국에서 영원히 무기수 같은 삶을 살고 있겠지요.

그 말을 들으며 남우는 무슨 생각을 했을까. 20년 후에는 남우도 나도 쉰 살이었다. 키우던 늙은 개는 죽었을 텐데 누구를 가족이라 여기며 살고 있을까, 남우는. 쉰 살의 헬스 트레이너는 없을 텐데 무슨 일을 하며 살고 있을까, 남우는. 그러면 쉰 살의 나는, 나는……

며칠 뒤 남우가 네모난 나무상자를 하나 들고 들어왔다. 뚜껑을 열면 금장만년필이나 오팔브로치 같은 것이 들어 있을 법한 상자였다. 안에 든 것은 동그란 약통처럼 보였다. 포장용 에어캡으로 여러 겹 둘둘 말려 있었다. 인슐린 주사제였다. 노인은 하루 두 번 자신의 복부에 인슐린을 직접 주사했다. 1980년 대에 만들어진 노인의 고동색 가죽가방 안에는 점심에 사용할 인슐린 주사제와 주삿바늘이 상비되어 있었다. 그것을 이것으로 바꿔치기하자는 것이 최동우의 아이디어였다. 이것은 노인이 평소 투약하던 것보다 몇 배나 더 고농도인 인슐린이 응축된 약제였다. 하던 대로 제 손으로 주사를 놓은 후 노인은 저혈당 쇼크에 빠질 것이고, 곧 혼수상태가 될 것이다. 비자발적 자살인 셈이었다.

고통은 거의 없을 겁니다.

최동우가 단언했다. 건물 경비원과 주차관리원, 청소부가 출근하지 않고 빌딩 내 점포 대부분이 문을 닫는 일요일 오전이 그가 꼽는 적기였다. 하나뿐인 아들이자 상속자에게는 확실한 알리바이가 필요했다. 이번 주말 최동우는 도쿄의 학회에 참석할 예정이었다. 비보를 받자마자 급거 귀국하기 편리한 곳이었다. 나무상자는 냉장고 속, 김치통과 우유팩과 플라스틱 계란판 사이에 놓였다. 명란젓이 담긴 상자라고 하면 믿길 것도 같았다. 나도 모르게 냉장고를 자꾸 열었다 닫았다 했다.

그러다 변질될지도 몰라.

남우가 한마디 했다. 크진 않았지만 어쩐지 가슴을 쿵 내려앉게 하는 목소리였다.

사흘이 흘렀다. 그 사흘 동안 가장 기억할 만한 일은 애니가 쓰러진 사건이었다. 남우가 일을 하러 가고 나 혼자 집에 있을 때였다. 나는 예능프로그램을 보고 있었다. 여러 명의 연예인들이 뛰고 뛰고 또 뛰는 모습을 보면서 저녁으로 컵라면을 먹었다. 냉장고를 열지 않고 해결할 수 있는 식사였다. 뛰지 못하는 남우의 개가 어느새 옆에 쭈그려 앉아 있었다. 나는 개의 주둥이에 면발 몇 가닥을 넣어주었다. 지난번 쓰러지고 난 다음부터 남우가 보지 않을 때면 종종 내가 먹던 것을 애니에게 나눠주곤 했다. 라면 가닥을 물고서 뒷다리를 질질 끌며 욕실

쪽으로 가던 개가 갑자기 그 자리에 멈추었다. 개는 몸통을 부르르 떨더니 늘어진 뒷다리를 쭉 뻗었다. 무너져 내리듯 그대로 주저앉았다. 혀를 쭉 빼물고 눈동자는 꼼짝하지 않았다. 축 늘어진 그 청회색 혓바닥을 나는 난감하게 바라보았다. 왜 하필 나 혼자일 때 이런 일이 일어난 것일까. 내 인생은 늘 이런 식이었다. 나를 따라다니는 불운에 대해 화가 치밀어 올랐다.

남우는 전화를 받지 않았다. 개의 사지가 빳빳하게 굳어가는 동안 여러 차례 통화를 시도했으나 연결되지 않았다. 애니는 움직이지 않았다. 바깥이 캄캄해지는 사이 개의 생명이 서서히 끊어져가고 있다는 것을 알 수 있었다. 나는 늙은 개가 죽어가는 방에 있었다. 그것은 내가 바로 곁에서 목격한 첫번째 죽음이었다. 벽장에는 돈가방이, 냉장고에는 인슐린 주사제가 들어 있었다. 전부 남우의 것이었다. 남우는 유일한 가족의 임종을 지키지 못했다. 마지막 인사도 나누지 못했다. 진심과는 관계없이, 어떤 일들이 일어난다. 그런데 애니의 숨은 완전히 끊겼을까?

기다리는 동안 나는 먹던 컵라면을 개수대에 쏟아붓고 젓가락을 수세미로 빡빡 문질러 닦았다. 가장 좋은 타월로 애니의 몸을 감쌌다. 불과 20여 분 전에는 아무렇지 않던 개의 뼈와 털의 감촉이 꺼림칙하게 느껴졌다. 나는 냉동실 문을 열었다. 비닐봉지에 담긴, 오래전에 잊힌 꽝꽝 언 고기들을 다 꺼내고서 대신 애니를 집어넣었다. 가냘픈 개는 그 네모난 공간에 꼭 들어맞았다. 애니가 몸집이 작은 짐승이어서 다행이었다. 냉동실 문을 닫았다. 그것이 내가 할 수 있는 최선이었다. 벽장에는 돈 가방이, 냉장고의 냉장실에는 인슐린 주사제가, 냉동실에는 개의 사체가 들어 있는 방에 홀로 앉아 남우를 기다렸다.

남우는 자정이 되어서야 돌아왔다. 술냄새가 좀 나긴 했지만 만취한 것 같지는 않았다. 미안하다고 그가 웅얼거렸다. 뭐가 미안하냐고 하자, 전부 다,라고 했다. 남우는 겉옷도 벗지 않은 채 쓰러져 잠들어버렸다. 죽음에 관해 이야기할 기회를 놓쳤다. 남은 시간이 점점 줄어들고 있었다. 나는 남우 곁에 누워 오랫동안 뒤척였다.

눈을 뜨자마자 창밖을 보았다. 맑지도 않고 흐리지도 않은 일요일 오전이었다. 빗방울이 떨어지지도 안개가 짙지도 바람이 거세게 불지도 않았다. 남우를 흔들어 깨웠다.

벌써 8시야.

남우가 눈을 끔뻑끔뻑했다.

일요일이잖아.

남우는 내가 준 힌트를 알아채지 못하는 눈치였다. 출근 안 해도 되는 날 아니냐고 그가 되물었다.

그거, 오늘까지 아니야?

카드 결제일이나 바겐세일 마지막 날처럼 들렸을지도 모르겠다. 어리둥절해하던 그의 눈빛이 한순간 서늘하게 바뀌었다.

그거, 안 해.

남우는 다시 벽을 보고 돌아누웠다.

진짜 안 할 거야?

그럼 하는 줄 알았냐.

남우의 목덜미와 어깻죽지를 한동안 내려다보았다. 빳빳하고 완강해서 좀 슬퍼 보였다. 나는 그의 등에 가만히 한쪽 뺨을 가져다 댔다.

가자.

아무 대꾸도 없었다.

내가 같이 가줄게.

남우의 등뼈가 꿈틀 움직였다.

천지빌딩의 입구를 지키는 이는 없었다. 우리는 곧장 엘리베이터를 탔다.

나는 5층에서, 남우는 6층에서 내리기로 했다. 6층에는 관리실이 있었다. 일요일엔 아무도 출근하지 않았고 건물주인 노인만이 종합병원 당직의사가 회진을 돌듯 건물 구석구석을 순찰했다. 나는 5층과 6층 사이의 비상계단에서 노인을 기다렸고, 남우는 6층 남자 화장실에서 내 신호를 기다렸다. 얼마 뒤 누군가가 계단을 내려오는 소리가 들렸다. 직감적으로 노인임을 알 수 있었다. 그는 예상보다 체구가 컸다. 젊어서 둔중했던 흔적이 남아 있는 몸이었다. 자세는 구부정했으며 한 손으로 계단 손잡이를 잡고서 조금 느리게 걸었다. 그는 내가 선 쪽을 흘낏 보고는 층계를 마저 내려갔다. 계단을 내려가는 그의 뒷모습은 마치 멸종 직전의 늙은 티라노사우루스 같았다. 그가 완전히 보이지 않게 된 후에 나는 남우에게 메시지를 보냈다.

응.

그 한 음절은 가슴속에서 영원히 잊히지 않을 것이다. 남우를 기다리는 시간이 아까보다 훨씬 길게 느껴졌다. 다시 얼마 지나지 않아 남우에게서 메시지가 왔다.

응.

그가 일을 잘 마쳤다는 의미였다. 이제 나는 5층에서 엘리베이터를 타고 지상으로 내려가기만 하면 되었다. 다리에 힘이 풀려 걷기가 힘들었다. 5층 복도에서 노인과 마주쳤다.

어딜 찾으시오?

노인이 물었다. 가랑가랑 가래 끓는 소리가 숨에 섞여 있었다. 나는 중국어학원엘 왔는데 기다려도 문을 열지 않아 돌아가는 길이라고 둘러댔다. 그는 중국어학원은 일요일에 문을 닫는다고, 내일 이 시간에 다시 오면 된다고 알려주었다.

친절하지도 무뚝뚝하지도 않은 음성이었다.

감사합니다.

나는 고개 숙여 인사했다. 노인과 나는 다시 서로를 스쳐 지났다. 그게 마지막이었다. 건물 밖으로 나오자 볕이 제법 따뜻했다. 남우는 보이지 않았다. 일을 마친 뒤 만날 장소를 정해놓지 않았다는 사실을 깨달았다. 설마 남우가 혼자 가버린 걸까. 나는 휘청휘청 길을 따라 걸었다. 몇십 미터 못 가 사거리 횡단보도 앞에서 보행신호를 기다리는 남우를 보았다. 파란불이 들어왔는데도 그는 우두커니 서 있었다. 노인의 얼굴은 남우와 닮은 데가 하나도 없었다. 나는 천천히 그의 곁으로 다가갔다. 남우가 말없이 내 손을 잡았다. 손바닥이 축축했다.

그날 오후 우리는 서울 시내를 무작정 쏘다녔다. 영화를 보고 스파게티를 먹고 커피를 마시고 아이스크림을 먹었다.

애니는 화장을 하기로 결정했다. 그래도 괜찮겠느냐고 나는 남우에게 재차 확인했다. 남우가 응,이라고 했다. 뒤늦게 애니의 죽음을 알게 된 남우는 얼이 빠진 사람처럼 보였다. 인터넷 검색으로 애견장례대행업체를 찾았다. 검정색 장의차가 집 앞까지 왔다. 우리도 애니와 함께 차에 실려 화장장에 도착했다. 애니의 관이 화장로에 들어가려는 찰나, 남우가 울기 시작했다. 그는 꺽꺽 소리 내어 통곡했다. 내 눈에서도 주르르 눈물이 흘렀다. 이제 우리는 어떻게 해도 헤어질 수 없는 사이가 되어버렸다는 것을 알았다.

10년이 넘도록 그날 일들이 꿈에 나타난다.

아이를 낳으러 가던 밤에도, 엄마의 갑작스러운 부고를 받고 고향에 내려가던 새벽에도, 설핏 든 잠의 꿈속에서 천지빌딩의 입구로 나란히 걸어 들어가는 나와 남우의 뒷모습을 보았다. 꿈속의 나는 넋을 잃고 우리를 지켜보았다. 10년 동안 여러 일들이 있었다. 천지빌딩에 다녀온 지 1년도 지나지 않아 나는 임신을 했다. 조심했지만 그렇게 되었다. 우리는 결혼을 했다. 결혼식은 남우의 이모들과 그 가족이 총출동해 꽤 시끌 벅적했다. 가족이 무엇인지 잘 안다는 남우의 말은 거짓이 아니었다. 반드시 임신 때문에 한 결혼이라고만은 할 수 없지만, 안 그랬으면 구태여 법적인 관계로 묶이지는 않았을 것 같다고 나는 가끔 생각한다. 부질없는 생각이다.

쌍둥이 남매가 태어났다. 사람들이 아들은 남우를, 딸은 나를 쏙 빼닮았다고들 했다. 나는 정색을 하며 아니라고 손사래 쳤다. 아이들 돌 무렵에는 남우가 피트니스센터 회원의 얼굴을 주먹으로 때리는 사건이 일어났다. 다행히 합의는 보았지만 남우는 일을 그만두어야 했다. 그 뒤로는 제대로 된 직장을 구하지 못했다. 남우는 평소에는 멀쩡하다가 느닷없이 아무 물건이나 발로 차기도 하고 가구를 집어 던지기도 했다. 오랫동안 울기도 하고 그러다 갑자기 크게 웃었다. 정신과 전문의는 반복성 우울장애라는 진단을 내렸다. 남우는 상담 치료를 계속하지 않았다. 의사 앞에서 혹시 비밀을 털어놓게 될까 봐 두렵다고 했다.

아이들이 여덟 살이 된 어느 봄날의 휴일, 남우가 노란색으로 칠한 스타렉스를 몰고 왔다. 그즈음 남우는 미술학원의 통학버스를 운전하고 있었다. 우리는 고속도로를 타고 한 번도 가보지 않은 길들을 갔다. 아이들이 뒷자리에서 노래를 불렀다. 바다를 옆에 낀 좁은 도로를 지나는데 널따란 모래사장이 보였다. 남우가 차를 세웠다. 아이들이 바다를 향해 달려갔다. 〈들어가지 마시오.〉 손바닥만 한 나무표지판이 나중에 눈에 띄었다.

조심해!

남우가 외쳤다. 남우의 목소리는 끝이 갈라지고 탁했다. 아이들의 귀에 닿을 기력도 의지도 없는 음성이었다. 조심하라는 외침 따위에 아랑곳 않고 남매는 계속 앞으로 달려 나아갔다. 관성의 법칙에 의해 그대로 바다에 빠져버릴 기세였다. 화장실엘 좀 다녀오겠다고 남우가 말했다. 흐린 날이었다. 그릇 헹군 물빛 같은 하늘에 뭉개진 구름 몇 점이 박혀 있었다. 한 떼의 갈매기들이 낮게 날았다. 나와 아이들 사이에는 50미터쯤의 거리가 있었다. 나는 멀리 선 채, 남매가 모래사장을 달리고 공중으로 뛰어오르고 바다를 향해 돌진했다 멈추는 풍경을 지켜보았다.

10년 전 그날, 아무리 기다려도 최동우에게서 연락이 오지 않았다. 남우가 전화를 걸었을 때 전화기가 꺼져 있다는 안내음만 흘러나왔다. 최동우성형외과의 홈페이지는 여전히 닫혀 있었다. 어떤 신문에도 노인의 부고는 실리지 않았다. 포털사이트 인물검색에도 이름이 나오지 않는 사람의 죽음이 신문에 날 리 있겠느냐고 내가 남우를 달랬다. 다른 방법으로, 무언가를 확인할 용기는 둘 다에게 없었다. 그 건물에 다시 가볼 담력도 없었다. 하긴 가더라도 누구에게 무엇을 물어보겠는가, 하고 나는 속으로 탄식했다.

아이들은 빠르게 자랐고 우리는 내리막길을 걸어왔다. 최동우가 남기고 간 돈 가방의 현금 뭉치는 조금씩 헐어 쓰다 보니 오래지 않아 바닥났다. 노인이 죽었는지 살았는지 우리는 아직도 모른다. 언젠가부터 나는 그날 그 6층의 방에서 남우가 아무것도 하지 않은 게 아닐까 의심하기 시작했다. 최동우라는 사내는 원래부터 존재하지 않았다고도. 그렇다 해도 지워지는 것은 없을 테지만.

바다 앞의 아이들은 이리 달리고 저리 달렸다. 각각의 그림자까지 넷이서 술래잡기를 하는 것 같았다. 평화로워 보이는 풍경이었다. 나는 남우가 꽤 오래 돌아오지 않고 있다는 사실을 의식하지 않으려 애썼다. 그가 여기, 나와 애들을 버리고 혼자 도망쳤다는 상상은 너무 그럴싸해서 차라리 무덤덤했다. 나는 세워둔 자동차로 걸어갔다. 조수석 시트 등받이를 뒤로 젖히고 몸을 길게 뉘었다. 풀벌레 우는 소리가 터무니없이 크게 들려왔다. 천천히 눈을 감았다. 이렇게 잠시라도 혼자인 순간은 아주 오랜만이었다. 뇌 속이 텅 빈 것 같았다. 아주 조금의 시간이 흐른 뒤에 나는 눈을 떴다. 그대로였다. 남우는 오지 않았고 정적 속에서 풀벌레만이 쓰, 쓰, 울었다. 선뜩한 느낌이 등줄기를 타고 올랐다. 황급히 몸을 일으켰다. 저 멀리 바다가 보였다. 눈을 가늘게 떴다. 아이 하나가 있었다. 그리고……

조금 떨어진 곳에 하나가 더 있었다. 어떤 아이도 사라지지 않았다. 내가 잠시 한눈을 팔아도 세상에는 아무 일도 일어나지 않는다. 단죄가 또 유예되었다는 사실에 나는 안도하고 절망했다. 극적인 파국이 닥치면, 속죄와 구원도 머지않을 텐데. 또다시 살아가기 위하여 나는 바다 쪽을 향해 무거운 발걸음을 뗐다.

영영, 여름

알고 보면 돼지만큼 깔끔하고 예민한 짐승도 없다는 내용의 그림책을 오래전에 읽었다. 돼지는 먹고 싶지 않은 것은 절대로 먹지 않고, 낮고 습기 찬 곳으로 배변 장소를 지정해둔다. 똥오줌은 가릴 줄 안다는 뜻이다. 또 돼지는 더없이 유순하다. 상대가 건드리지만 않는다면 아무도 먼저 공격하지 않는다. 돼지에게는 죄가 없었다. 무엇보다 인상적이었던 부분은, 돼지는 다른 돼지와 구별되지 않는 것을 가장 싫어한다는 구절이었다. 그것은 나에게 몹시 슬프고 아름다운 문장으로 각인되어 있었다.

열두 살 때 나는 도쿄에 살았다. 부모가 얻은 집은 변두리에 있었다. 다다미가 깔린 작은 방 두 개와 거실 겸 부엌으로 이루어진 평범한 연립주택이었다. 직전에 살던 마닐라의 콘도미니엄에 비해 턱없이 작은 집이었기 때문에 엄마는 하루아침에 돼지우리에 짐을 풀게 된 귀부인처럼 우울해했다. 엄마는 실제로 귀부인은 아니었다. 무역회사의 해외 영업자인 남편을 따라 세계 여러 나라를 돌아다니는 동안 회사에서 월급 외에 주거비와 현지 생활비를 지원받는 환경에 익숙해져버린 것뿐이었다. 남편이 도쿄 본사에 근무하게 되면서 엄마는 현실과 어느 정도 타협할 수밖에 없었다. 타협할 수 없는 것도 있었다. 딸의 인터내셔널 스쿨이었다. 나는 가끔 생각해보고는 했다. 연수입의 절반에 육박하는 등록금을 내고 나를 도쿄의 국제학교에 들여보내면서 부모는 딸이 어떤 삶을 살아가기를 바란 것일까. 한국인도 일본인도 아닌, 말하자면 코즈모폴리턴 같은 것이 되기를 갈망했는지도 몰랐다. 아무려나, 그곳에서 내가 가장 먼저 배운 말은 '부타메'였다. 돼지야,라는 의미의 일본어였다. 어느 나라든 국제학교 아이들은 현지어로 욕을 했다. 내가 가장 많이 들었던 말도 '부타메'였다.

　동네에서 국제학교에 다니는 아이는 나 말고 아무도 없었다. 나는 매일 아침 스쿨버스를 타기 위해 혼자 지하철을 타고 두 정거장을 가야 했다. 오후에는 거꾸로 스쿨버스에서 내려 지하철을 타고 두 정거장을 지나 집에 돌아왔다. 엄마는 처음에 나더러 매일 네 정거장만큼의 거리를 두 발로 걸어다니라고 강요했다. 엄마는 늘 내 운동량이 부족하다고 주장했다. 나는 처음부터 다른 아기들을 압도하는 체격이었다. 사람들은 신생아실에 누워 있는 커다란 아기가 태어난 지 겨우 이틀째라는 사실에, 그리고 여자아이라는 사실에 연이어 놀랐다고 한다. 나를 가졌을 때 엄마의 입맛은 전 세계의 모든 음식들을 다 먹어치울 듯 기세등등했고, 그 결과 임신 말기에 체중이 30킬로그램이나 늘어났다. 적정 체중 증가 무게의 두 배가 넘는 수치였다. 복중 태아는 4.5킬로그램에 육박하는 체중의 인간으로 세상에 나왔다. 나는 엄마를 원망할 마음은 없었다. 그렇지만 엄마가 내 일일섭취열량을 강박적으로 체크하고 과도하게 제한하는 것에 대해서는 부당하다는 생각을 지울 수 없었다. 엄마는 어쩌면 터널 안에서 일어난 연쇄추돌사고의 가해자와 비슷한 입장이 아닐까? 맨 앞차 탑승객의 목뼈가 부러진 것은 맨 뒤차 운전자의 부주의 탓이다. 맨 앞차에 탔던 잘못밖에 없는 나로서는, 탄산음료와 초콜릿, 케이크와 쿠키, 과당이 의심되는 식품은 일절 금지하고 저녁 6시가 넘으면 맹물 외에는 입에도 못 대게 하는 엄마의 처사를 이해할 수 없었다. 별다른 방법은 없었다. 나는 매일 밤 주린 배를 안고 잠들거나, 모두가 잠들었다는 확신이 들면 까치발을 들고 주방으로 가 냉장고 속 음식들을 도둑고양이처럼 몰래 훔쳐 먹어야 했다.

엄마의 바람대로 지하철을 타지 않고 걸어서 귀가한 것은 거기 사는 동안 딱 한 번뿐이었다. 현관 앞에 도착했을 때는 더운물로 샤워하고 나온 것처럼 땀에 푹 절어, 이마에서는 굵은 땀방울들이 뚝뚝 떨어졌다. 문을 열어준 엄마는 황급히 세면타월을 건넸다. 겨드랑이와 접힌 살들 사이에서 시큰한 땀냄새가 피어올랐다. 냄새는 나의 후각에도 그대로 전해졌다. 엄마의 눈빛에 동정심 같기도 하고 혐오감 같기도 한 감정이 지나가는 것을 나는 목격했다. 나는 타월로 얼굴과 머리통을 벅벅 문지르며 식탁으로 갔다. 식탁에는 레몬 조각을 띄운 물한 컵이 놓여 있었다. 아무 말 없이 물을 입으로 가져갔다. 아주 조금씩 입에 머금었다가 목구멍으로 넘기기를 여러 차례 반복했다. 물도 씹어 먹듯이 마시면 공복감을 한결 줄일 수 있었다. 꾸르륵 소리가 텅 빈 위장에 울려퍼졌다.

이듬해 신체검사에서 나는 동갑 여아 중 상위 95퍼센타일의 체중에 해당한다는 판정을 받았다. 전해에는 상위 97퍼센타일이었으니 아주 약간이지만 평균 쪽에 가까워진 셈이었다. 실제로 체중은 거의 변화가 없는 데 비해 키는 3센티미터 자랐다. 나를 유심히 관찰해온 사람이라면 그 미묘한 체형 변화를 눈치챘을지도 몰랐다. 그렇다고 내가 더 이상 뚱뚱하지 않은 아이인 것은 아니었다. 열세 살, 와타나베 리에는 뚱뚱하고 내성적이며 당분이 부족하고 얼굴에 핏기가 없는 소녀였다. 별명은 여전히 부타메였다.

부모에게 다시 기회가 왔다. 다음 인사이동에서 아빠의 해외 근무가 거의 확실시된 것이다. 엄마는 머릿속으로 여러 도시들을 후보에 오르내렸다. 그녀가 살고 싶어 하는 도시의 첫 번째 조건은 한국인도 일본인도 많지 않은 곳이었다. 왜 한국 여자가 일본 남자와 살고 있느냐는 시선을 신경 쓸 필요 없는 곳, 한국어도 일본어도 아닌 영어나 프랑스어를 상용어로 쓰는 곳, 완만한 사계절이 있는 곳, 시민들의 소득수준과 교육수준이 높은 데 비해 생활물가는 그다지 높지 않은 곳, 잘 관리된 천연 잔디공원이 도처에 펼쳐진 곳, 늦은 밤에도 대중교통을 이용해 귀가할 수 있는 곳. 엄마는 그런 곳에서 살고 싶어 했다.

나의 부모는, 아빠가 오래전 서울에서 근무할 때 만났다. 엄마는 해외여행 한 번 가보지 않은 한국인이었고, 아빠는 일본인이었다. 그는 약 서른 개 정도의 한국어 단어를 알고 있었고, 그녀는 약 세 개의 일본어 단어를 알고 있었다. 사요나라, 모시모시, 그리고 아이시테루. 엄마는 혹시 몰라 여고 시절부터 '사랑해'라는 말을 10개 국어로 외워두고 있었다고 했다. 연애 시절 그들은 더듬거리는 영어로 대화했다. 신기하게도 소통에 아무런 지장이 없었어, 이게 운명인가 보다 했지. 엄마는 무덤덤하게 회상했다. 착각이었어. 연애 때는 다 그런 건데. 사실 불타오르는 남녀 사이에 말이 차지하는 비중이 얼마나 되겠니. 그러면 불타오르는 남녀 사이에는 말이 아닌 다른 무엇의 비중이 크다는 것인지 상상하다가 나는 얼굴이 벌게졌다. 엄마는 간혹 내가 열세 살에 불과한 소녀라는 사실을 깜빡 잊어버리는 것 같았다. 얼굴을 마주 보고 마음 편하게 모국어로 아무 이야기나 떠들어낼 수 있는 사람이라곤 나 하나뿐이어서 그랬을 것이다. 어릴 때부터 엄마가 내게 열심히 한국어를 가르쳐온 이유는, 모국과 모국어에 대한 깊은 애정의 발로 따위와는 전혀 관련이 없었다. 엄마는 자기가 하고 싶은 말을 완전히 이해하는 타인, 모국어의 청취자를 간절히 원했을 뿐이다. 나는 가끔 엄마가 딸의 몸무게가 아닌 영혼의 무게에도 관심이 있는지 궁금했다.

새로운 부임지를 기다리면서 엄마는 신혼 시절 살았던 에든버러에 대해 부쩍 자주 이야기했다. 무엇보다 자유로워서 좋았다고 했다. 자유로웠다는 게 무슨 뜻인지 묻지 않았다. 그녀가 대뜸, 네가 없었다는 뜻,이라고 말할까 보아서였다. 그러면 나도, 아예 태어나지 않았을 때가 제일 자유로웠다고 응수해야 할 것 같았다. 그땐 영원히 지속될 줄 알았어, 행복이, 우린 참 사랑했거든. 젊은 시절의 부모가 얼마나 뜨겁게 사랑했는지, 무엇에 이끌려 국적과 언어의 장벽을 뛰어넘어 결합하게 되었는지 미안하지만 나는 전혀 관심이 없었다. 과거의 정열과 무관하게 현재 그들의 삶은 몇 모금 마신 다음 뚜껑을 열어놓고 방치한 페트병 속 탄산수 같았다.

갈 데가 정해졌어. 어느 저녁, 퇴근한 아빠가 통보했다. 언젠가부터 그는 집에서 일본어로만 말했다. 내게도 마찬가지였다. 딸과 모국어만으로 대화를 나누는 아내의 모습을 보고,

그의 숨은 애국심이 자극을 받았는지도 모를 일이었다. 아빠와 엄마 사이의 대화는 5퍼센트의 한국어와 20퍼센트의 일본어, 25퍼센트의 영어로 구성되어 있었다. 나머지는 침묵이었다. 얕은 침묵, 깊은 침묵, 편안한 침묵, 지겨운 침묵, 기이한 침묵. 우리가 가야 할 곳은 K였다. 언젠가 들어본 적 있는 듯한 도시국가의 이름이었다. 나는 지구본에서 K의 위치를 찾아보았다. 남태평양 부근이었다. 한겨울과 한여름의 온도 차이가 거의 없다는 것, 대부분의 시민들은 눈〔雪〕을 실제로 본 적이 없다는 것, 인건비가 무척 저렴하며, 치안에 대해서는 그다지 알려진 바 없다는 것. 인터넷 검색을 통해 알아낸 건 그 정도가 전부였다. 다른 데로 바꾸면 안 되느냐고 엄마가 아빠에게 물었다. 안 돼. 아빠가 대답했다. 원한다면 그냥 여기 남을 수는 있겠지만. 엄마는 빠르게 희망을 접었다. 며칠 후 그녀는 K의 장점 하나를 간신히 찾아냈다. 그래도 거긴 한국인도 일본인도 없다는구나. 할 수 있는 게 별로 없었으므로 나는 고개를 끄덕였다.

K로 아빠가 먼저 떠났다. 나와 엄마는 국제학교의 방학이 시작되는 보름 후에 합류하기로 했다. 부모는 딸이 다니던 학교에서 학기를 마치기를 바랐다. 세번째 전학이었다. 전학에 대하여 나는 체념에 가까운 정조를 가지고 있었다. 아쉬울 것도, 홀가분할 것도 없었다. 이쪽 학교를 빨리 떠난다는 건, 저쪽 학교에 빨리 들어간다는 뜻도 되었다. 이쪽이나 저쪽이나

마찬가지였다. 어느 나라 어느 학교에나 짓궂거나 심성이 못
된 애들은 있게 마련이었다. 일부 남자애들은 나를 피그, 피
기, 피글렛, 호그 등으로 부르며 우스꽝스러운 돼지로 취급할
것이다. 그 외의 남자애들과 다수의 여자애들은 나를 대놓고
무시할 것이고 혐오스러운 돼지로 취급할 것이다. 소수의 여
자애들은 나에게 비교적 친절할 것이고 가련한 돼지로 취급할
것이다. 등교 첫날 와타나베 리에는 K의 언어로 돼지를 뭐라
고 부르는지부터 알게 될 것이었다.

　엄마는 새로운 도시에서 맞닥뜨려야 하는 복잡한 상황을 남
편이 미리 처리해놓기를 바랐다. 집과 자동차, 아이가 옮길 학
교, 은행 계좌, 전화 회선 등등 눈앞에 산적한 문제들 앞에서
그녀는 극도의 혼란을 느끼는 사람이었다. 안타깝지만 공평하
게도 짐을 빼는 것은 그녀의 몫이었다. 연립주택에서 이삿짐
이 나가던 날, 와타나베 일가가 사용하던 가구와 가재도구, 옷
가지와 책 들이 차곡차곡 상자에 담겼다. 크고 작은 상자들은
컨테이너박스째 화물선에 실려 K에서 제일 큰 항구로 배송될
예정이었다. 우리가 살게 될 도시의 한가운데에 바다가 있다
고 했다. 크고 작은 박스들마다 프레자일fragile이라고 인쇄된
붉은 스티커가 붙었다. 엄마는 짐의 도착이 지연될까 봐 불안
해했다. 최종 도착일을 몇 번이나 확인했다. 짐이 사람보다 늦
게 도착하면 큰일이라고 말해, 아니지, 사람이 도착했는데 짐
이 안 와 있으면 큰일이라고. 두 문장의 차이를 알 수 없었지

만 나는 그녀가 원하는 대로 통역했다. 일본에 살기 시작하면서부터 엄마는 공적인 상황에서 나를 통역자로 내세우는 일이 잦았다. 엄마의 일본어 실력은 객관적으로 훌륭하다고는 할 수 없을지언정 형편없는 수준도 아니었다. 상대방이 외국인임을 인지하고 쉽게 풀어 천천히 발음해준다면 일상생활에서의 의사소통은 무리가 없을 거였다. 그러나 엄마는 일본인들 앞에서 일본어로 입을 떼는 일을 극도로 꺼렸다. 가장 오래 망설였던 것은 슈퍼마켓 계산대에서 착오로 거스름돈 5백 엔을 덜 받았을 때라고 언젠가 내게 말했다. 계산대 앞에서 망설이며 조바심을 내던 시간 동안 그녀는 먼 옛날, 방송국 분장실에서의 기억을 떠올렸다고 했다. 결혼 전 그녀는 한 방송국의 탤런트 공채에 합격한 적이 있었다. 첫 배역은 일일드라마 여주인공이 동창회에서 조우하는 '옛 친구3'이었다. 주어진 대사는 '어머 너 정말 예뻐졌다'였다. 그녀는 사흘 밤낮으로 연습을 반복했다. 어머, 너, 정말, 예뻐졌다, 어디에 악센트를 주느냐에 따라 말이 완전히 달라지지. 그건 정말 완전히 다른 말 같았어. 수백 번은 다르게 발음해보았을 거야. 나중엔 그 수백 개의 문장들이 유리 파편처럼 산산조각 나서 허공으로 흩어져버리는 것 같았어.

녹화 당일, 분장실에서 엄마는 느닷없는 흉곽 통증을 느꼈다. 잘못 떨어진 유리 조각이 새끼손톱 밑을 파고들어가 심장까지 흘러갔는지도 몰랐다. 녹화장에 들어가는 그녀의 마음은 인생의 기회를 움켜잡으려는 자가 아니라 고난의 터널을 통과해야 하는 순례자에 가까웠다. 그날 카메라 앞에서 치명적인 실수를 한 사람은 아무도 없었다. 그녀 또한 제 몫의 대사를 무사히 소화했다. 마침내 방송일이 온 거야, 그런데…… 나에게 그때의 일을 들려주던 엄마는 별안간 말끝을 흐렸다. 자신의 얼굴이 브라운관 가득 찼을 때, 그 짧은 순간에, 엄마는 눈을 감고 말았다. 제 얼굴의 광대뼈가 그렇게 도드라진 줄은 몰랐기 때문이다. 그녀가 출연한 장면의 분당 시청률은 31.2퍼센트였다. 그날 저녁 텔레비전을 틀었던 국민들 중 31.2퍼센트가 그녀의 광대뼈를 목격했다는 뜻이었다. 엄마의 부모에게 방금 스치듯 지나간 게 그 집 딸 맞느냐는 전화가 몇 통 걸려왔다. 그게 전부였다. 다음 스케줄은 잡히지 않았다. 만약 중요한 배역 섭외가 폭풍우처럼 밀어닥쳤더라면 달라졌을지도 모르지만, 고작 여직원2나 궁중나인3을 연기하기 위해 수백만 명 앞에 못난 광대뼈를 드러내고 싶지는 않다고 엄마는 생각했다. 단역을 몇 번 고사하자 섭외가 뚝 끊겼다. 그러니까 그것은 일방적이지만은 않은 결별이라는 것이 그녀의 주장이었다.

나는 내가 본 적 없던 때의 엄마의 선택에 대해 마음에서부터 지지를 표했다. 문제가 분명해 보일 때 어떤 사람은 원인을 제거하는 쪽을 택한다. 그러나 모두가 그런 것은 아니었다. 어떤 사람은 방 안으로 조용히 숨어들어 문을 걸어 잠근다. 인생이 반드시 순간순간의 암흑을 돌파하며 앞으로 나아가는 고단

할 여정일 필요는 없지 않은가? 그런 식으로 생각한다는 측면에서 나는 그녀의 딸이 맞았다. 5백 엔 때문에 고민하던 슈퍼마켓에서도 엄마는 같은 방식의 결단을 내렸다. 적지 않은 수의 고객들이 평화로운 정적 속에서 반찬거리를 고르고 있었다. 스미마셍. 그녀가 나직이 읊조린 소리를 어떤 직원도 듣지 못한 것 같았다. 스미마셍, 스미마셍. 그녀는 입술을 조그맣게 움직거려 반복했다. 아무도 돌아보지 않았다. 가슴이 두근거렸다. 심장을 손바닥으로 지그시 누른 채 그녀는 가만히 뒤돌아섰다. 마켓을 빠른 속도로 빠져나왔다. 거기 놔두고 온 건 고작 5백 엔일 뿐이야. 그렇지? 그때 집에 돌아와 엄마는 구태여 내게 몇 번이고 물었다. 나는 오래도록 궁금했다. 이미 지나가버린 일에 대하여 엄마는 무엇을 확인하려 드는 걸까? 나는 엄마가 멀리 놓고 온 것들에 대하여 생각해보았다. 그녀가 필사적으로 끌어모아 내게 들려주려 안간힘 쓰는 그 말들에 대하여. 아직도 엄마의 왼쪽 흉곽 언저리에 박혀 있을지도 모를 날카로운 유리 파편에 대하여. 그것밖에 모르는 아이처럼 나는 순하게 고개를 끄덕였다.

제시간에 도착할 겁니다. 이삿짐센터의 매니저는 걱정하지 말라고 말했다. 엄마 쪽을 힐끗 보았다. 엄마는 여전히 걱정스러운 표정을 지우지 않고 있었다. 나는 걱정하는 것은 내가 아니라고 대답하려다 그만두었다. 잘 부탁드리겠다고만 정중하게 말했다. 아빠와는 일본어로, 엄마와는 한국어로 대화하는

것은 날 때부터 몸에 배었다. 하지만 두 언어를 맞교환하도록
매개하는 것은 전혀 다른 영역의 일이었다. 짐이 다 빠져나간
집의 내부는 낯설었다. 다리 네 개짜리 작은 식탁이 놓였던 자
리에는 강아지 발바닥만 한 정사각형 얼룩 네 개가 남았다. 얼
룩들 사이의 거리는 멀지도 가깝지도 않았다. 그 식탁에서 셋
이 함께 식사를 하는 장면을 멀리서 사진으로 찍었다면 꽤 평
화로운 풍경으로 보였을지도 몰랐다. 그 식탁에서 내가 먹어
온 것은 매끼 얼마쯤의 구운 채소, 약간의 해조류 무침, 생선
반 토막이거나 지방질을 철저히 떼어낸 소량의 살코기, 두부,
소금을 치지 않고 끓인 맑은 국물과 밥 반 공기가량이 전부였
다. 나는 한 개의 얼룩을 밟고 선 채 창밖을 바라보았다. 도쿄
의 11월은 창문을 오래 열어놓아도 서늘해지지 않는 계절이다.
서쪽 하늘에 낮은 구름들이 흘러갔다. 이사를 가게 될 집의 창
문은 어느 방향을 향해 열릴까. 창 너머로 혹시 바다가 보일
까. K의 사람들은 무엇을 주식으로 먹을까. 그때 가까이서 엄
마의 비명이 들려왔다. 나의 상상은 거기서 멈추었다.

엄마는 망연자실해 있었다. 목걸이가 없어졌다고 했다. 오
래전 약혼 기념으로 선물받았던 티파니 목걸이였다. 가느다란
백금 줄이 있고 한가운데에 별 모양으로 정교하게 커팅된 조
그만 다이아몬드가 달려 있었다. 정확히 말하자면 분실은 아
니었다. 목걸이가 들어 있는 작은 보석함이 이삿짐 속에 그냥
섞여 들어간 거였다. 엄마는 이사의 마지막 순간에 서랍장에

서 빼려고 했던 보석함의 존재를 깜빡 잊었고, 그사이 서랍장은 충격완충재로 꼼꼼히 포장되어 컨테이너박스에 들어가버렸다. 서랍장이 담긴 컨테이너박스는 이미 화물트럭에 실렸고, 화물트럭은 이미 화물선이 정박해 있는 항구를 향해 달리는 중일 터였다. 그러니 어쩌면 그것은 몇 개의 겹쳐진 상자들에 관한 이야기였다. 보석함에는 목걸이 외에도 잡다한 귀걸이와 팔찌 등속이 들어 있었지만 엄마는 계속해서 목걸이를 잃어버렸다고만 이야기했다. 그것이 약혼 기념으로 받은, 영원을 서약하는 상징적 의미의 물품이어서가 아니라 그 안에 들어 있는 것들 중에서 가장 값비싼 물건이었기 때문이리라. 가만히 듣고 있다가 나는 엄마의 표현을 정정해주었다. 잃어버린 게 아니라 이삿짐이랑 같이 먼저 간 거잖아요. 엄마가 벌컥 화를 냈다. 그 목걸이가 K시로 온전히 옮겨진다고 어떻게 장담할 수 있느냐는 것이다. 마지막에 서랍 안 열어봤을 줄 아니? 벌써 슬쩍 빼갔을 거야, 그들이 어떤 사람들인데.

우리는 이삿짐센터 사무실에 찾아갔다. 사무실은 번화가 끄트머리의 쇠락한 골목에 있었다. 조짐이 안 좋아. 낡은 저층 건물의 2층 계단을 올라가며 엄마가 중얼거렸다. '조짐'이라는 한국어 단어를 나는 처음 들었다. 영업시간이 지난 듯 문이 굳게 잠겨 있었다. 엄마는 그 자리에서 휴대폰의 버튼을 누르고 내게 전화기를 넘겨주었다. 전화기 너머에 매니저라는 사내가 나타났다. 사내는 잠시 말이 없었다. 원칙적으로 고객이 따로

요청하지 않는 한 내용물을 확인하지는 않는다고 그는 말했
다. 만약 그 물건이 거기 들어 있다는 사실만 확실하다면, 다
른 물건들과 함께 목적지에 도착하는 것에는 문제가 없을 거
라고도 했다. 그 조건문의 방점은 뒤쪽이 아니라 앞쪽에 찍혀
있음을 알 수 있었다. 엄마가 내 등을 쿡쿡 찔렀다. 없어지면
어떻게 책임질지 물어봐.

　남자는 단호했다. 그건 저희 문제가 아닙니다, 시계라고 했
나요? 아 목걸이군요, 저희로서는 그 시계, 아니 목걸이가 애
초에 정말로 거기 들어 있었는지 확신할 수 없습니다. 그렇지
않습니까? 남자가 연거푸 물었다. 목걸이가 거기 있었음을 증
명할 방법이 있으십니까? 나는 귀로 남자의 목소리를 들으면
서 엄마의 얼굴을 흘끔 봤다. 못마땅한 표정이 역력했다. 지금
엄마에게 남자의 말을 정직하게 통역한다면 어떤 일이 벌어질
까. 그녀는 자기가 거짓말을 하는 줄 아는 거냐며 펄쩍 뛸 것
이었다. 그러나 엄마에게도, 그게 원래 거기 있었음을 증명할
방법이 있을 리 없었다. 언젠가 부모가 결혼 즈음 찍었던 사진
을 우연히 보았다. 엄마는 네크라인이 깊게 파인 미색의 원피
스 차림으로 긴 머리칼을 우아하게 틀어 올리고 있었다. 희고
기다란 목이 노골적으로 드러났다. 쇄골 위로 늘어뜨린 하나
의 액세서리가 잃어버린 그 별 모양 목걸이였다. 은은하게, 별
은 반짝였다. 그 반짝임은 죽어도 희미해지지 않고 죽어도 멈
추지 않을 것 같았다. 바래는 것과 사라지는 것 중에서 어떤

쪽이 더 나을까. 전화를 끊고서 나는 천천히 침을 삼켰다.

　그러니까, 마지막으로 확인했을 때, 거기 보석함이 있었대요. 나는 내가 거짓말에 익숙한 소녀는 아니라고 믿어왔다. 정말? 반신반의하면서도 엄마의 낯빛이 환해졌다. 네. 연기에 재능이 있는지도 몰랐다. 그 안에 목걸이도 있었대요. 아니, 남의 상자는 왜 열어봐? 말은 그렇게 하면서도 엄마는 비로소 마음이 놓이는 것 같았다. 나는 천연덕스럽게 덧붙였다. 도착해서도 거기 있을 거래요. 확실,하대요. 그래? 그렇겠지? 이제 엄마는 완전히 믿는 것 같았다. 믿게 하는 것. 통역은 그런 것이었다. 나는 이제야 내게 진짜 통역사의 자격 비슷한 것이 생겼음을 알았다.

　나리타 국제공항을 출발해 환승을 거쳐 K공항에 도착한 것은 늦은 오후였다. 그곳은 내가 가본 국제공항 중에서 가장 작고 소박했다. 입국장에 들어서면서부터 엄마는 코를 킁킁댔다. 무슨 냄새 나는 것 같지 않니? 나는 숨을 들이마셔보았다. 습하고 들큼한 공기가 비강을 파고들었다. 꽃 무더기가 시들어가며 뿜어내는 향과 흡사한 냄새였다. 아빠는 넥타이를 매지 않은 반팔 리넨셔츠 차림으로 우리를 데리러 왔다. 그는 늘 각진 어깨를 강조하는 옷을 입는 사람이었다. 도쿄에선 한여름에도 셔츠의 단추를 목까지 채웠고 웬만해선 어깨 패드가 들어간 여름 재킷을 벗고 외출하는 법이 없었다. 공항청사 밖으로 나서자마자 후끈 달아오른 아스팔트의 열기가 고스란히 전해졌다. 숨이 턱 막혔다. 온몸의 땀구멍에서 땀방울들이 일제히 솟구쳤다. 더웠다. 더워도 너무 더웠다. 나는 본능적으로 티셔츠의 긴소매를 둘둘 말아 올렸다. 엄마는 어안이 벙벙한 표정이었다.

아빠의 지프에 실려가는 동안 우리는 별다른 말을 나누지 않았다. 차창 너머로 펼쳐진 풍경들은 정체를 알 수 없는 밭들과 넓지 않은 공터뿐이었다. 차가 굽이를 돌 때면 슬쩍 바다가 보였다 사라졌다 했다. 바다는 사파이어빛이었다. 아주 멀리 살러 왔다는 실감이 났다. 차가 해안도로로 들어서 한참을 달리자 크지 않은 시내가 나타났다. 단층 슬래브 건물에 원색 간판으로 꾸민 상점들이 다닥다닥 늘어서 있었다. 마르고 가무잡잡한 사람들이 헐렁한 민소매 차림으로 느릿느릿 거리를 오갔다. 그 길을 조금 지난 곳에 우리가 새로 살게 될 아파트 단지가 있었다. 고층 아파트 세 동이 우뚝 서 있는, 얼핏 봐도 고급스러운 주거 단지였다. 차가 입구에 들어서자 제복을 갖춰 입은 경비원이 거수경례를 하며 차단기를 열어주었다. 회사에서 주거비로 제공되는 금액은 도시마다 큰 차이가 없었다. 이곳의 물가가 그만큼 낮다는 의미였다. 20층의 거실 창문에서는 단지 안의 공용 수영장과 바다가 내려다보였다. 엄마는 잠시 잃었던 귀부인의 지위를 되찾은 듯 기분이 급격히 좋아졌다. 도쿄에서 부쳤던 짐은 잘 도착해 있었다. 4인용

116

식탁도 다이닝룸에 제대로 놓여 있었다. 원래 있던 곳보다 훨씬 넓은 공간에 놓인 물건은 어쩔 수 없이 초라하고 하찮아 보였다. 참, 목걸이는? 완전히 잊고 있었다는 듯 엄마가 물었다. 아빠가 어깨를 으쓱하는 시늉을 했다. 서랍장 안에는 보석함이 그대로 들어 있었다. 엄마가 뚜껑을 열었다. 모든 게 있었지만, 별 모양 목걸이만은 보이지 않았다. 집 안의 모든 상자와 서랍을 다 뒤져봐도 목걸이는 나오지 않았다.

겨울방학이 끝나도 K는 짙은 여름이었다. 나는 인터내셔널 스쿨 7학년으로 전학했다. 담임인 미란다는 금발의 중년 백인 여성이었다. 하이, 프리티 걸. 그녀가 내게 인사했다. 프리티 걸이라니. 나는 미란다가 눈이 몹시 나쁘거나 남에게 상처 주는 농담을 좋아하거나 엄청난 박애주의자이거나 학생의 환심을 사야 할 특별한 이유가 있는가 보다고 의심했다. 아니면 뚱뚱한 소녀를 애호하는 변태 아주머니인지도 몰랐다. 복도를 걸어 교실까지 가는 동안 나는 미란다의 벽돌색 구두만을 뚫어져라 내려다봤다. 바닥에 뭐가 떨어졌느냐고 미란다가 다정하게 물었다. 그건 이 애의 습관일 뿐이라고 엄마가 대신 대답했다. 엄마는 샤이 걸shy girl이라는 표현을 썼다. 나는 엄마가 센서티브sensitive라는 형용사를 사용했으면 더 좋았을 거라고 생각했다. 교실까지 걸어가면서 미란다는 여기는 한 학년이 세 반뿐인 작은 학교이며 K가 원래 외국인이 적은 곳이라 이곳도 전학생이 흔한 편은 아니라고 설명했다. 내가 속하게 된

반의 구성원은 나를 포함해 열 명이었다. 아시안과 비아시안이 반반이었다. 미란다는, '재패니즈, 와타나베 리에'라고 소개했다. 박수 같은 건 아무도 치지 않았다.

하루가 지나도록 아무도 말을 걸지 않았다. 괜찮았다. 익숙한 상황이었다. 며칠이 지나도록 달라지지 않았다. 돼지라고 놀리는 아이도 없었다. 일주일이 지나도록 K의 언어로 돼지를 뭐라고 부르는지 듣지 못했다. 그곳의 외국인들은 새로 등장한 존재에게 호감도 비호감도, 아무런 감정도 느끼지 않는 것 같았다. 전학 일주일째 되는 날, 교실 천장에 왕거미가 나타나 작은 소동이 벌어졌다. 여자아이들은 새된 비명을 질렀고 남자아이들은 손가락으로 거미줄을 잡아채며 왁자하게 웃었다. 분명해졌다. 유년기 끝자락의 아이들에게 뚱보 전학생 와타나베 리에는 곤충만도 못한 존재였다. 무관심만이 어울린다고 치부되는. 무언가 섭섭하기도, 후련하기도 했다.

객관적인 눈으로 관찰한 교실 안은 나름대로의 정연한 질서로 움직이는 세계였다. 독특하게도 이곳의 아이들은 둘씩 짝을 지어 다녔다. 남자 두 팀, 여자 두 팀. 그렇게 네 팀이 존재했다. 이들은 같은 호수에서 헤엄치는 서로 다른 종의 가금류처럼 보였다. 사이가 나쁜 것 같지는 않았지만 굳이 한데 섞여 몰려다니지도 않았다. 그리고 한 명이 남았다. 메이. 반에서 키가 제일 작고 여윈 동양계 여자아이였다. 내가 오기 전 아홉 명이었던 그 반에서 혼자인 건 언제나 그 애 하나였을 것

118

이다. 장이라는 라스트 네임, 두꺼운 렌즈의 안경, 무작정 길게 길러 하나로 묶은 머리 스타일로 짐작건대 중국에서 온 소녀 같았다.

그 애가 혼자일 수밖에 없는 이유는 곧 알게 되었다. 메이는 영어를 잘 못 했다. 토론 시간에 '우리는 학교를 꼭 다녀야 할까'라는 주제로 수업이 진행될 때였다. 누구는 그래도 다녀야 한다고 했고 또 누구는 홈스쿨링을 선택하는 것도 괜찮다고 했다. 태양이 이글거리는 오후였고, 고성능 에어컨디셔너가 24시간 풀가동되는 교실 안은 무기력한 기운이 지배했다. 열기라곤 전혀 없는 토론이었다. 어느 쪽이 이기든 어차피 누구나 계속 학교에 다녀야 하기 때문이었다. 모두 다 의무적으로 발언해야 했다. 차례가 되었을 때 나는, 우리가 공부를 하는 목적은 공부 그 자체가 아니라 결국 좋은 사람이 되기 위해서인데, 현대의 학교가 좋은 사람을 만드는 곳인지는 의문을 가져볼 필요가 있다고 더듬더듬 말했다. 훌륭한 의견이라고 담당 교사 존이 칭찬했다. 다음에는 시선 처리에 더 신경을 쓰고, 자신의 논리가 옳다는 확신을 가지고 자신감 있게 밀어붙이라는 충고도 덧붙였다. 리에는 스스로를 더욱 믿어야 해요, 그럴 가치가 충분해요. 선생이 자기 말에 감동한 듯 열정적으로 말했다. 그 말을 듣고서도 존과 눈을 맞추지 못한 건 감동적이어서가 아니라 토할 것 같아서였다. 메이의 차례가 되었다. 그 애는 학교는 좋은 곳이라고 말했다. 나는 학교에서 영어를 배움니다, 영어로 말할 수 있게 되었습니다, 학교에서 체육도 배우고 음악도 배웁니다, 감사합니다, 학교라는 장소에. 메이는 오늘의 의제 자체를 이해하지 못하는 것 같았다. 존은, 메이의 주장은 단순해 보이지만 그 단순성 안에 진심이 담겨 있어서 오히려 타인을 효과적으로 설득할 수도 있다고 평가했다. 메이는 알아들었는지 못 알아들었는지 얼굴이 발개진 채 고개를 숙이고 있었다. 이 반에 나보다 더 깊이 꺾인 각도로 고개를 숙이는 아이가 있었음을 알았다.

그리고 나는 어떤 소리를 들었다. 미치겠네. 혼잣말처럼, 메이가 아주 나지막하게 뇌까린 그 말은 틀림없이 한국어였다. 흘끔 옆을 봤다. 언제 그랬냐는 듯 메이의 입술은 꼭 닫혀 있었다. 그 애는 한국인이었다. 왜 몰랐을까. 왜 그럴 가능성을 생각도 못 했을까. 마닐라에서도 도쿄에서도 학교마다 한국 아이들은 적지 않았다. 그 애들에게 나도 절반은 한국 사람이라는 사실을 밝힌 적은 없었다. 나를 더 싫어할까 봐서. 마닐라의 학교에서 우리 엄마가 한국인인 것을 우연히 알게 된 부산 출신 여자아이가, 돼지와 같은 나라 사람인 게 싫다며 엉엉 우는 일을 당하고 난 다음부터였다.

다음 날 점심시간, 벨이 울리자 아이들은 저마다 런치박스를 꺼냈다. 학교 식당이 따로 없었으므로 이곳의 아이들은 샌드위치 같은 음식을 점심으로 싸가지고 다녔다. 엄마는 매일 삶은 계란 반 개씩과, 얄따랗게 썬 오이와 토마토만을 넣은 작은 샌드위치 한 조각을 도시락통에 담아주었다. 나는 교실 안을 둘러봤다. 벤은 미키와, 클로이는 제시와, 제이미는 마이클과, 니콜은 주디와 둘씩 나란히 다가앉아 각자의 샌드위치를 베어물고 있었다. 그렇다면 리에와 메이가 조금 더 붙어 앉아 밥을 먹지 못할 이유는 뭐란 말인가. 내가 다가가자 메이는 꽤 놀란 것 같았다. 그 애가 어깨를 동그랗게 말면서 물었다. 와이? 무슨 할 말이 있느냐는 의미였다. 밥 같이 먹으려고. 나는 한국어로 말했다. 그때 메이가 짓던 표정이 두고두고 떠오른다. 그건 정말로 혼자 기억하기 아까운 것이었다. 아 유 코리언? 유 아 재패니즈! 메이는 유령이라도 만난 것처럼 눈을 끔벅였다. 메이도 어쩌면 내 뚱뚱한 몸에 자기와 같은 피가 흐른다는 사실이 싫을지도 몰랐다. 나는 일본인이 맞지만 엄마에게 한국어를 배웠다고 두루뭉술하게 대답했다. 아…… 그 애가 감탄사를 길게 뱉었다. 그런데 아주 잘하네. 고맙다고, 실은 엄마 아닌 다른 사람과 한국어로 이야기해보는 것은 오늘이 처음이라고 고백했다. 정말이냐? 응, 그래서 지금 떨려. 경계를 푼 듯 메이가 웃었다. 웃으니 장난꾸러기 토끼처럼 귀여워지는 얼굴이었다.

모국어 앞에서 그 애는 말이 없는 편이 아니었다. 머릿속에 담겨 있는 그 많은 말들을 학교에서는 어떻게 꾹 참고 있는지 모를 일이었다. 참, 아까 나한테 뭐라고 한 거야? 토론 시간에, 존 선생님이. 못 들었어? 응, 반만 알아들었어. 메이는 영어를 잘 못 한다고 했다. 그전 학교에서는 러시아어를 많이 써서. 메이는 모스크바의 국제학교에서 지난 학기에 전학을 왔다고 했다. 아버지 회사 때문이냐고 물었더니, 응?이라고 되묻다가 잠시 후 아버지는 같이 오지 않았다고 했다. 그 애는 혼자와 있다고 했다. 혼자? 응, 나 혼자기는 한데…… 메이는 잠시 무언가를 망설이는 것 같았다. 아주 혼자는 아니고 두엇이 같이. 두엇이 같이 왔다니 무슨 말인지 잘 이해되지 않았지만 따지고 들 이유는 없었다. 나는 좀 전에 존이 그 애를 칭찬했다고 알려주었다. 메이가 풋 소리를 내며 웃었다. 못 믿겠다!

메이의 런치박스 안은 휘황찬란했다. 소스까지 제대로 뿌린 두툼한 햄버그스테이크와 새우튀김, 닭튀김이 가득했고 두꺼운 햄과 치즈를 넣고 양상추가 밖으로 비어져 나올 만큼 커다랗게 싼 샌드위치도 여러 조각이었다. 다른 통에는 알알이 곱게 썬 청포도와 한입 크기로 조각낸 멜론이 정갈하게 담겨 있었다. 매일 그걸 다 먹어? 내가 놀란 만큼 메이도 놀랐다. 넌 그거밖에 안 먹어? 두번째 같이 점심을 먹던 날에도 메이의 도시락 구성은 전날과 똑같았다. 메이가 가장 큼직한 닭다리를 나에게 건넸다. 엄마의 얼굴이 떠올랐다. 나도 모르게 손을 뒤로 뺐다. 튀김옷을 입혀 기름에 튀긴 닭다리를 마지막으로 먹은 건 지난 추수감사절, 도쿄 국제학교의 특별 급식에서였다. 메이가 내 눈망울을 말끄러미 바라보았다. 메이는 손에 쥔 닭다리를 거두지 않고 있었다. 어떤 운 없는 어린 닭의 도

막 난 몸이, 메이의 손에서 나의 손으로 넘어왔다. 나는 닭다리를 조심조심 입가로 가져갔다. 식은 닭의 껍질은 기름지고 속살은 퍼석했다. 그리고 놀랍도록 맛있었다. 나는 뼛조각에 붙은 마지막 살점까지 쪽쪽 빨아 먹었다. 메이가 또 토끼처럼 웃었다.

세번째로 같이 도시락을 먹던 날, 우리는 조금 더 가까이 붙어 앉았다. 메이가 런치박스의 뚜껑을 열자 전날과 또 그 전날과 똑같은 음식들이 나타났다. 이윽고 메이는 나에게 부탁했다. 괜찮으면 말이야, 좀 먹어줄래? 우리가 서로의 도시락을 바꾸어 먹기 시작한 건 그날부터였다. 메이는 우리 엄마의 부실한 도시락이 자기 양에 딱 적당하다고 했다. 기름기 많은 음식들이 싫다고 했다. 그러므로 그건 서로 뜻이 맞아서 일어난 일이었다. 세상의 모든 피할 수 없는 일들이 그렇듯이. 메이는 모이를 쪼는 작은 새처럼 먹는 내내 입을 오물거렸다. 메이의 두툼한 샌드위치를 베어 물기 위하여 나는 입을 크게 벌릴 수밖에 없었는데, 그건 네 살 이후 내게 처음 있는 일이었다. 우리는 매일매일 점심시간마다 곁에 앉았고, 밥을 바꿔 먹었다. 벤과 미키, 클로이와 제시, 제이미와 마이클, 니콜과 주디, 메이와 리에. 둘들의 조합이 이렇게 완성되었다. 이제 세계는 완벽한 균형을 갖추게 되었다.

일곱번째로 같이 밥을 먹고 난 뒤 메이가 가방에서 뭔가를 꺼냈다. 반들거리는 흰 조약돌이 모두 다섯 알이었다. 본 적

있어? 메이가 물었다. 돌이잖아. 내가 대꾸했다. 공깃돌 같아
서 주웠어, 공기할 수 있을 것 같아서. 메이의 말을 나는 알아
듣지 못했다. 공기라면, 디 에어the air? 메이가 시범을 보였
다. 메이의 손은 자그마했고 손가락들은 짧고 뭉툭했다. 메이
는 먼저 조약돌들을 책상에 가지런히 뿌리고는 한 알을 수직
으로 높이 던졌다. 한 알이 공중에 머무는 찰나, 나머지 네 개
중에서 하나를 재빨리 집고는 낙하하는 돌을 같이 받았다. 그
렇게 하나, 둘, 셋, 넷, 다섯 개의 돌들이 메이의 주먹 안에 다
시 모였다. 꺾기! 이번에 메이는 그 다섯 알을 한꺼번에 휙 던
졌다가 손등으로 받았다. 그러곤 손등을 다시 튕기면서 얼른
손을 뒤집었고, 붕 떴던 다섯 개의 돌들은 메이의 작은 손바닥
안에 안전히 휘감겼다. 나는 입을 벌리고 메이의 묘기를 지켜
보았다. 그건 조약돌과 공기(空氣)와 인간이 함께 벌이는 마술
의 한 장면 같았다.

　너는 나보다 더 잘할 거야, 손이 커서. 메이가 조약돌들을
밀어주었다. 메이가 꼭 쥐었다 놓은 돌들은 아까보다 더 윤이
났다. 나는 손으로 돌들을 감아쥐었다. 촉감이 따뜻했다. 메이
처럼 한 알을 위로 휙 던졌다. 어떻게 해볼 새도 없이 돌은 수
직 낙하했고 책상 아래로 굴러떨어졌다. 우리는 까르르 소리
내어 웃었다. 무엇이든 꾸준히 할수록 실력이 늘어난다는 말
은 대부분의 경우 옳았다. 내 공기놀이 실력도 빠르게 향상되
었다. 어느 순간, 두 알 잡기, 세 알 잡기도 할 수 있게 되었

다. 학기가 중반에 접어들었을 때는 아주 간혹 메이를 이기기도 했다. 점심을 먹은 다른 아이들도 자연스럽게 우리 주위에 모였다. 클로이와 제시도 참여해서 둘씩 편을 먹고 게임을 벌일 적도 있었다. 꺾기를 하다가 돌을 하늘에 띄워놓고 박수를 한 번 치면 '10년'씩 나이가 늘어난다는 공기의 법칙도 알게 되었다. 세 번을 치면 30년, 다섯 번을 치면 50년이었다. 우리는 박수를 치고 또 쳤다. 우리가 함께 나눠 가진 시간들은 모두 몇 년이나 되었을까? 천 년, 만 년, 10만 년?

복식경기를 벌이면 클로이와 제시 팀이 늘 졌다. 그럼 섞으면 되지 않느냐고 메이가 아이디어를 냈다. 그러면 실력이 비슷해질 것이고 공정해질 것이었다. 나는 메이와 다른 팀이 된다는 게 어쩐지 불안했지만 나 말고는 모두 다 좋아했기 때문에 따라서 미소 지었다. 클로이와 메이, 제시와 내가 한 팀이 되었다. 그날, 메이는 유독 펄펄 날았다. 조막만 한 손이 하도 빨리 움직여서 연을 세기에도 벅찼다. 꺾기를 하는 동안 메이는 수없이 박수를 쳤다. 하나둘셋넷다섯여섯일곱. 아, 너무 잘한다는 생각과 두렵다는 생각이 동시에 들었다. 그리고 내 손이 장난처럼 그 애의 어깨를 살짝, 아주 살짝 건드렸다. 박수를 치다 말고 메이는 휘청 중심을 잃었다. 박수를 치느라 시선이 허공에 머물렀던 탓일 것이다. 내가 타고난 거센 악력을 잠시 간과했던 탓일 수도 있었다. 메이는 옆으로 넘어졌다. 그 책상 위 아주 약간 튀어나와 있던 못이 그 애의 이마 한가운데를 찔렀다. 이마에서 피가 철철 났다. 학교의 보건 교사가 처치할 수 있는 수준이 아니었다. 구급차가 도착했다. 교사들이 나를 구급차에 같이 태운 것은 가해자여서가 아니라 너무도 비통하게 꺽꺽거리며 우는 나의 정신적 쇼크가 걱정되었기 때문이었다.

K의 종합병원 응급실로 각각의 보호자가 불려왔다. 엄마는 못이 이마에 박혔다는 말만 듣고는 혼비백산해 달려왔고 그 문장의 주어가 내가 아니라는 사실에 본능적으로 안도하는 표정을 숨기지 못했다. 메이의 상처는 생각보다 깊었다. 무엇보다 피가 멈추지 않았다. K에는 성형외과 전문의가 흔치 않았으므로 외과의사가 흉터를 꿰맸다. 메이의 부모는 오지 않았다. 메이의 보호자 자격으로 나타난 사람은 동양인 남자 하나와 동양인 여자 하나였다.

메이 옆의 침상에서 진정제 링거를 맞다가 나는 그들이 들어오는 것을 보았다. 그들은 메이에게 다가가 먼저 예의를 갖추어 인사했다. 그들은 메이에게 높임말을 사용해 정중하게 말했는데, 그 애의 예후를 진심으로 염려하지만 진심으로 사랑하지는 않는 것 같았다. 누구를 사랑하는 건 감출 수가 없는 일이었다. 그들끼리 이야기하는 한국어 억양이 귀에 감겨왔다. 그 순간 나는 모든 것을 한꺼번에 파악할 수 있었다. 잠깐 밖으로 나간 엄마가 다시 들어오지 않기만을 나는 바랐다.

엄마는 응급실에 돌아오자마자 메이의 보호자들에게, '대츠

투 배드'라고 말했다. 유감이라는 의미였을 것이다. 미안하다
거나 사과로 유추할 만한 언어를 사용하는 것은 잘잘못을 따
져야 할 때 전략상 불리해질 수 있다고 판단한 것 같았다. 그
들은 알아들었는지 못 알아들었는지 다만 뚱하게 앉아 있었
다. 나는 아무 말도 하지 않았다. 할 수가 없었다. 잠든 척 눈
을 감았다가 살며시 실눈을 떴다. 정확히 알아들을 수 없는,
국적을 알 수 없는 소음들이 붕붕거리며 날아다니다가 귓전에
서 부서졌다. 이윽고 또렷한 한국어가 들렸다. 메이의 목소리
였다. 친구들하고 놀다가 내가 중심을 잃었어요. 내가 잘못했
어요. 엄마가 꼭 필요할 때만 사용하는 친근한 목소리로 끼어
들었다. 어머, 한국 사람이구나?

메이의 본명은 매회(梅姬), 장매희이며 국적은 '더 데모크
라틱 피플스 리퍼블릭 오브 코리아The Democratic People's
Republic of Korea'였다. 흔히들 '노스 코리아'라고 일컫는 북
한 말이다. 응급실을 나오면서 의사는 엄마에게 나의 건강 상
태가 몹시 좋지 않다고, 이대로 가다가는 영양실조에 걸릴 수
도 있다고 충고했다. 엄마는 반박하지 않았고, 알겠다고 대답
했다. 나는 엄마가 의사의 말을 제대로 듣고 있지 않다는 것을
알았다. 내가 북한 아이의 이마에 구멍을 뚫었다는 사실에 엄
마가 넋이 나갔다면, 그쪽 보호자들은 자신들이 책임져야 할
권력자의 딸이 남한 여자의 아이와 단짝이라는 사실에 소스라
쳤다. 아니다. 순전히 나의 상상일지도 모른다.

다음 날 학교에 가기 전에 엄마가 나를 불렀다. 교장에게 특별히 부탁을 해놓았으니 반을 옮기게 될 거라고 했다. 그동안에도 개랑 절대로 말을 섞으면 안 돼. 와이 낫? 나는 소리쳤다. 그럼 아예 학교를 옮길래? 엄마가 진지하게 되물었다. 개가 저쪽에서 굉장히 대단한 집안 아이래, 여기까지 유학 보낸 거 보면 모르겠니. 엄마에겐 내가 모르는 것을 모른다고 할 수 없도록 만드는, 그래서 영원히 알 수 없도록 만드는 놀라운 재주가 있었다. 나는 엄마를 똑바로 바라보았다. 둘 다 신발을 벗고 서면 이제 내 키가 엄마보다 컸다. 나보다 작지 않게 보이려고 엄마가 필사적으로 상체를 곧게 펴는 것이 느껴졌다. 나는 엄마가 나에게 들려주었던 그 수많은 한국어들에 대해 생각했다. 그것들이 나를 만들었음을 인정해야 했다. 그렇지만 말해야 했다. 싫어요. 엄마의 눈이 커다래졌다. 나는 다른 반에 가지 않을 거고 다른 학교에도 가지 않을 거예요. 메이랑, 같이 있을 거예요. 말을 마치자 언젠가의 엄마처럼, 왼쪽 흉곽이 따끔거리기 시작했다. 엄마의 핏속을 떠돌던 유리 파편이 말없이 내 몸으로 건너와 세차게 휘돌아다니고 있는가 보았다.

메이는 결석했다. 이마의 상처가 아물려면 시간이 꽤 걸릴 듯했다. 나는 오랜만에 내 도시락을 먹었다. 종잇장처럼 얇고 더럽게 맛이 없었다. 이 맛없는 걸 즐겁게 먹었던 메이에게 새삼 미안했다. 아 유 오케이? 제시가 다가와 물었다. 아임 오케이. 나는 씩씩하게 대답했다. 빙긋 웃으려고 했는데 턱 근육이 굳은 것처럼 움직이기 힘들었다. 일주일이 지나도록 메이는 나타나지 않았다. 미란다는 메이의 거취에 대해 일언반구하지 않았다. 내 앞에서는 특별히 더 조심하도록 부탁을 받은 사람 같았다. 반의 구성원은 자연스럽게 아홉 명이 되었다. 벤은 미키와, 클로이는 제시와, 제이미는 마이클과, 니콜은 주디와 함께 다녔다. 그리고 나, 와타나베 리에가 혼자 남았다.

더 늦기 전에 무어라도 해야 했다. 집에 아무도 없는 오후, 나는 창고로 쓰는 작은 방에서 종이상자 몇 개를 찾아냈다. 이사 올 때 쓰고 업체가 회수해가지 않은 상자들이었다. 그중에서 가장 작은 상자를 들고 내 방으로 왔다. 나는 텅 빈 상자 안을 한참 동안 멍하니 들여다봤다. 'Fragile' 스티커를 떼어내고, 남아 있는 접착제 자국을 칼로 살살 긁어냈다. 경고의 글자가 사라지자 그것은 아주 평범한 누런색 상자가 되었다. 나는 아무도 모르는 깊은 곳에 두었던 목걸이를 꺼내어 색종이에 곱게 싸서 상자 속에 집어넣었다. 별 모양으로 커팅된, 엄마의 다이아몬드 목걸이였다. 엄마가 찾던 목걸이는 내가 가지고 있었다. 그러고 싶었다. 아무래도 변하지 않는 것, 사라지지 않는 것을 나도 단 하나쯤 가지고 싶었다. 편지는 영어로 썼다. 고마웠어, 메이. 우리 또 만나, 꼭. 박스를 테이프로 단단히 봉했다. 옆구리에 끼고 택시를 불렀다.

메이의 아파트가 어디인지만 알 뿐 정확한 동호수는 몰랐다. 그곳은 우리 집보다 더 비싸 보이고 경비가 삼엄해 보이는 단지였다. 엄마였다면, 그래 봐야 K지, 라고 코웃음 쳤을 것이다. 나는 오피스를 찾아가 금방이라도 울 것 같은 표정으로 말했다. 친구가 전학을 갔는데 선물을 주지 못했어요. 이걸 꼭 전달해야 해요. 오피스에 근무하는 남자는 내게 북한 국적의 사람들이 사는 주소를 말해줄 수는 없지만 선물 상자를 전해줄 수는 있다고 했다. K의 시민들은 대개 다 친절하고 선량했다. 내가 그의 마음을 움직였다면 진심이었기 때문일 것이다.

한 계절이 지난 뒤 메이에게서 답장이 왔다. 학교로 도착한 편지의 겉봉에 내 이름이 영어로 또박또박 쓰어져 있었다. 내용은 한국어였다. 사정이 생겨서 잠깐 떠나왔어. K가 그리워. 곧 돌아갈 거야. 여기서 진짜 공깃돌을 선물로 가져갈게. 메이가. '매희'가 아니라 '메이'라고 단정한 한글로 적혀 있었다. 이곳의 누구도 몰래 훔쳐 읽을 수 없는 편지였다.

그날 저녁 나는 모래사장에 앉아 바다를 바라보았다. 해 질녘의 바다는 모든 것을 집어삼킬 듯 한없이 고요했다. 해가 서서히 이울어갔다. K에서 몇 계절을 지나도록 이곳은 한여름이었다. 마지막 순간까지 영영 여름일 터였다. K의 언어로 돼지가 무엇인지 아직 알지 못했다. 나는 이제 별명도 없는 소녀였다. 단단하고 부서지기 쉬운 것들, 부서지지 않는 것들에 대하여 생각하는 동안 해가 완전히 사라졌다. 어둑한 하늘에 해가 있던 흔적처럼 투명한 원의 테두리가 남았다. 어떤 비밀들을 이해하기 위해서라면 한동안 여기 더 머물러야 한다는 것을 알았다. 나는 눈을 가늘게 뜨고 하늘을 내 쪽으로 끌어당겼다. 두 손바닥을 높이 쳐들고 허공에서 맞부딪쳤다.

짝!

한 번, 그리고 한 번 더,

짝!

순식간에 20년이 지나버렸다. 침묵만이 남은 미래에서 나는 암흑과 뒤섞일 때까지 앉아 있었다.

밤의 대관람차

박이 죽었을 때 몇몇 일간지에 1단짜리 부고 기사가 실렸다. 삼선 의원이자 국회 정무위원장을 역임한 원로 정치인이 숙환으로 별세했으며 발인은 다음 날이라는 내용이 포함되어 있었다. 향년 75세. 유족에 대해서는 기술되지 않았다. 숙환이 '오랫동안 앓아온 병'을 의미하는 거라면 꼭 들어맞지는 않는 단어였다. 그는 오십대에 심각한 질환을 앓은 적이 있었지만 완쾌되었고, 칠십대에는 심근계 관련 문제와 전립선 관련 문제를 가지고 있었지만 합병증이 생기거나 사망에 이를 정도로 증세가 악화된 적은 없었다. 박은 자다가 죽었다.

살아서 마지막으로 만난 사람은 가사도우미였다. 그녀는 아침 8시 반경에 와서 저녁 7시 반경에 퇴근했다. 전날 저녁 그녀는 시금치된장국과 갈치구이, 두부조림과 오이소박이로 저녁 식사를 차렸다. 박은 흑미가 섞인 밥을 3분의 1쯤 남겼고 생선 한 토막을 거의 다 발라 먹었다. 그는 원래 식성이 까다로운 편은 아니었다. 특별히 선호하는 것은 육식이었다. 포유류와 가금류를 가리지 않았다. 냄새가 역하군. 그날 저녁, 두 시간에 걸쳐 완성된 쇠고기사태찜을 가만히 바라보던 그가 말했다. 그 저녁 특이한 점이라곤 그것뿐이었다고 후에 가사도우미는 회상했다. 그녀는 평소 자신의 고용주를 별로 좋아하지 않았는데, 박이 자신을 무시하고 있다고 의심했기 때문이다. 박이 그녀의 인격을 비하하거나 비아냥거리는 태도를 취한 적은 없었다. 그는 도우미에게 아무런 태도도 취하지 않았다. 말년의 그가 모든 사람에게 그러했듯이. 타인에게 아무 태도도 취하지 않음으로써 태도를 완성시키는 방법은 오랫동안 몸에 밴 박의 습관처럼 보였고, 번번이 타인들을 불쾌하게 만들었다. 많은 이들이 박의 과묵을 고압적이거나 권위적인 성격의 일단이라고 받아들였다. 그의 그런 모습은 노회한 정치인의 한 전형처럼 느껴지기도 했다.

빈소는 Y대학병원 장례식장에 차려졌다. 고인이 평소에 이용하던 병원이었다. 박을 담당하던 내과와 비뇨기과 과장, 부원장이 조문을 왔다. 국무총리와 국회의장 명의의 화환이 각각 도착했고 여당과 야당 대표, 헌정회, 재향군인회 등의 화환도 속속 도착했다. 상주 자리는 장조카가 지켰다. 오래전 죽은 그의 큰형의 장남이었다. 조문객은 많지도 적지도 않았다.

한때 그가 누렸던 권력이나 명예를 보자면 적은 편이었고, 외부와 접촉 없이 살아온 최근의 생활 방식을 고려해보면 적다고 할 수 없었다. 빈소를 찾은 이들은 압도적으로 남성이 많았고, 대부분 칠십대 이상의 노인이거나 노인에 가까운 연령대였다. 늙은 사내들의 양복은 검은색 아니면 쥐색이었다. 그들은 남자고등학생 교복처럼 구식 재킷 안에 일괄적으로 조끼를 받쳐 입었고 통이 넓은 바지를 펄럭이며 느리게 걸었다. 풍채가 좋거나 왜소하거나 목소리가 크거나 그렇지 않거나 중절모를 썼거나 지팡이를 짚었거나 모두 무덤덤하고 무기력해 보였다. 박이 임종하던 순간이 화제에 오를 때만 빈소에 돌연 활기가 돌았다. 마지막까지 원은 없으실 분이야. 한 노인이 말했다. 자다가 죽었다고 해서 고통이 없었다는 뜻은 아니지 않느냐고 누군가 말을 받았다. 고통이라고? 다른 노인이 반문했다. 무어든 찰나에 스쳐가버렸다는 게 복이지. 더는 아무도 입을 열지 않았다. 시애틀에 사는 박의 외아들은 끝내 귀국하지 않았다. 겨우 연락이 닿은 그는 사업이 너무 바빠 회사를 비울 수 없다는 입장을 전해왔다. 우회적이고도 간결한 의사 표명이었다. 상속 문제는 변호사를 통해 처리하겠다고 말했다. 고인이 한때 삶의 전부라고 믿었던 이들은 아무도 그곳에 나타나지 않았다.

*

　쉰세 살이 되었을 때, 양은 S여자고등학교에 25년째 근속
중이었다. 정년까지는 10년이 남아 있었다. 그 10년 사이에 그
녀는 S여고의 교무주임이 될 수도 있었다. 운이 좋으면 교감
이 될 수 있을지도 몰랐다. 그녀가 정년을 채우도록 스스로를
납득시켜야 할 까닭은 그 밖에도 많았다. 대학 졸업반에 올라
가는 딸은 취직 대신 공부를 계속하겠다고 통보해왔다. 로스
쿨 입시를 준비하겠다는 것이다. 더 나은 미래를 도모하겠다
는 이유였다. 딸이 도모하는 미래는 딸의 것이 분명했으나 아
이는 마치 양의 미래를 위해 그 결정을 내린 듯이 굴었다. 딱
1년만 열심히 해보겠다고 아이는 말했다. 내가 변호사 되면 엄
마가 제일 좋잖아요. 아무려나 자식에게 꿈이 있고 그 꿈을 이
룰 일말의 가능성을 배제할 수 없다면 힘닿는 대로 지원해주
는 것이 부모의 의무라고 그녀는 믿었다.
　마지막 직장을 그만둔 뒤 아무런 통보 없이 문간방에 틀어
박힌 남편을 생각하면 미리 알려준 딸이 고맙기도 했다. 양의
남편은 재취업도, 창업도, 출가도, 자살도 염두에 두지 않는
것 같았다. 방문을 활짝 열어놓지 않았으나 걸어 잠그지도 않
았고, 사회적인 이슈에 관심을 보인 적도, 처지를 비관하는 언
행을 보인 적도 없었다. 그는 그저, 종일 끼고 뒹굴 수 있는 컴

퓨터 한 대와 아내가 채워둔 냉장고 속 먹을거리만 있으면 만족하는 듯했다. 안분지족의 교훈을 몸소 실천하는 삶이라 할 수 있었다. 진즉 이혼을 단행했다면 인생이 달라졌을까. 그랬을 것이다. 그녀는 지금 두 사람이 아니라 한 사람을 부양하고 있을 것이고, 연말정산이 조금 불리하다는 것 말고는 등에 얹힌 짐이 한결 가벼웠을 것이다. 하는 수 없었다. 결정의 순간에 아무런 결단을 내리지 못하는 방식으로 결정해버리고, 전 생애에 걸쳐 그 결정을 지키며 사는 일이 자신이 자초한 삶의 방식이라고 양은 탄식했다.

명예퇴직의 꿈을 또다시 접은 초겨울 아침, 양은 여느 때처럼 출근 준비를 했다. 서두를 필요는 없었다. 눈뜨자마자 머리맡의 안경을 찾아 쓰고, 세수를 하고, 간소한 화장을 하고, 간밤 끓여놓은 국에 밥을 말아 반 공기쯤 먹고, 이를 닦은 뒤, 지난 세기의 어느 날 장만한 겨울 정장 중 하나를 꺼내 입었다. 역시 지난 세기의 어느 날 학부모에게서 선물 받은 목도리를 꺼내 두르고, 입을 만한 몇 벌의 코트 중에 하나를 골라 걸쳤다. 남편이 잠든 81제곱미터 아파트의 현관문을 열고 나서면서 양은 자신의 몸이 25년의 관성으로 움직이고 있음을 느꼈다.

소형차의 운전석에 올라타 숨을 고르고 시동을 켜고 카 오디오 버튼을 누르는 그 짧은 동안만이 그녀의 영혼이 이쪽에도 저쪽에도 속하지 않은 순간이었다. 양은 청취자들의 사연을 주로 소개하는 라디오 프로그램을 즐겨 들었다. 그녀가 듣는 프로그램에 사연을 보내는 사람들은 대개 여자들이었고 인생의 고난과 고통을 참거나 받아들이겠다고 마음먹은 이들이었다. 원래는 더 우둘투둘했겠으나 작가의 윤색을 거쳐 미끈해진 게 분명한 그들의 생애를 경청하다 보면 어느덧 학교 주차장에 도착해 있었다. 그녀는 아까보다 가붓해진 마음으로 운전석에서 내렸다. 애절한 인생들에게 상대적 우월감을 느껴서는 아니었다. 양은 어떤 막막한 사연이라도 담담하고 나직한 목소리로 읽어주는 남자 진행자의 음성을 좋아했고, 그것은 매일 한 알씩 복용하는 아스피린처럼 그녀의 모세혈관을 타고 퍼져 온몸의 피를 맑게 했다. 길이 끊긴 것 같나요? 천만에요. 희망은 그 폐허의 자리에 깃들어 있습니다. 다시 시작할 수 있습니다. 당신이 용기를 잃지 않는다면, 그렇다면 말이에요.

그날 아침 교무 회의에서 겨울방학 해외 교류 프로그램의 인솔자를 모집한다는 소식을 들었을 때, 양은 모처럼 가벼운 흥분을 느꼈다. S재단 산하 각 학교의 학생들이 새로 자매결연을 맺은 일본 가나가와 현 요코하마 시를 방문하는 일정이었다. 중학교와 여고, 남고에서 각각 열 명의 학생들과 한 명의 지도교사가 참여하게 된다고 했다. 닷새간 학생들은 낮에는 일본 학생들과의 교류 프로그램에 참여하고 밤에는 홈스테이 방식으로 현지의 가정생활을 체험할 예정이었다. 양은 일본이라는 나라에 특별한 관심을 가지고 있지 않았다. 한일 관계 경색이나 독도 영유권 문제, 아니면 일본산 수산물의 방사능 오염 문제 같은 것에 이렇다 피력할 만한 견해도 품어본 적 없었다. 그러나 요코하마라는 도시는 달랐다. 아루이테모 아루이테모, 그렇게 이어지는 노래를 좋아하는 사람을 사랑했던 적이 있었다. 아주 오래전이었다. 지방 소도시 고등학교의 교정을 맴돌며 지겹도록 천천히 늙어가는 생을 상상도 할 수 없던 때. 그런 때가 그녀에게 있었다. 「블루라이트 요코하마」. 그것은 양에게 한때의 격정과 한때의 어리석음과 한때의 고통을 상기시켜주는 이름이었다.

양이 요코하마에 가고 싶다는 의사를 밝히자 교감은 놀라는 눈치였다. 교무실 안에서 그녀는 컬러 레이저복합기나 음이 온 정수기, 철제 캐비닛보다 존재감이 없는 존재였다. 복합기나 정수기, 캐비닛보다 돋보이고 싶은 욕망은 그녀에게도 없었다. 어쩌면 S여고에 도착한 그 순간부터 그녀는 두드러져 보이지 않기만을 유일한 목표로 삼아왔는지도 몰랐다. 며칠 후 교류단 준비 회의에 참석하라는 전갈을 받고서 그녀는 자신이 대표단에 포함되었음을 알았다. 원하는 바를 이뤄낸 경험이 아주 오랜만이었으므로 그녀는 좀 고무되었다. 같이 가는 다른 지도교사는 중학교의 음악 선생과 남고의 영어 선생이었다. 음악 선생은 늘 새빨간 립스틱을 바르고 다니는 뚱뚱한 여자였고, 영어 선생은 사람은 착하지만 영어를 너무 못해서 원어민 교사와의 의사소통조차 불가능하다는 소문이 나 있는 남자였다. 회의실에는 그들 말고도 세 학교의 교장들이 나란히 앉아 있었다. 그녀가 채 의아해하기도 전에 문이 열리더니 한 남자가 성큼성큼 안으로 들어섰다. 다른 사람들을 따라 양도 얼결에 일어섰다. 사내는 타이를 매지 않은 체크무늬 셔츠에 감색 블레이저를 입고 있었다. 그는 S사학재단의 새 이사장인 장이었다. 아, 반갑습니다. 장이 인사했다. 깍듯하면서도 쾌활한 어조였다. 반사적으로 깊숙이 고개를 숙이면서 양은 일이 이상하게 돌아가고 있다는 느낌에 휩싸였다.

장이 이사장직에 취임한 건 몇 달 되지 않았다. 그는 S학원 설립자의 외손자이며, 양이 부임하기 전부터 이사장을 맡고 있던 전임 이사장의 조카였다. 전임 이사장은 여든이 넘은 노인이었는데, 평교사 입장에서는 입학식과 졸업식 말고는 얼굴을 마주할 일이 거의 없었다. 졸업식에 참석한 노인은 반쯤 조는 것 같은 표정으로 앉아 있다가 순서가 오면 천천히 단상 앞으로 걸어 나가, 국가에 충성하고 사회에 보은하는 인재가 되라는 하나 마나 한 연설을 맥없는 목소리로 웅얼거리곤 했다. 해마다 더 깡마르고 늙어가는 노인을 멀리서 바라볼 때마다 양은 박을 떠올리지 않으려 애썼다. 노인과 박이 정확히 어떤 관계인지 양은 잘 몰랐다. 두 사람이 생년은 달라도 출신 대학이 같았기 때문에 선후배 사이가 아닐까 유추해보았을 뿐 억지로 알려고 들지 않았다. 그들이 아직도 연락을 하고 지내는지도 알 수 없었다. 양은 노인을 향한 감사의 마음을 잊어본 적이 없었다. 오래전 박의 부탁 한마디에 곧바로 그녀를 채용해주어서가 아니었다. 그 후로 단 한 번도, 그녀에게 알은척을 하지 않아서였다.

S재단에 대해 알고 있는 사람이라면 누구나 이사장이 죽으면 그의 아들들 중 하나가 그 자리를 물려받으리라 예상했을 것이다. 그러나 그 평화롭고 지루한 판도가 깨지는 일이 작년 여름에 일어났다. 그 도시의 여름 한낮 수은주가 35도를 찍던 날, 양이 도로 한복판에서 혀를 빼물고 죽은 고양이 사체를 발견한 날, 공영방송사의 지역 뉴스에 S학원이 재단 비리로 교육청의 감사를 받고 있다는 사실이 단독 보도되었다. 그 후 여러 가지 일들이 빠르게 일어났다. 양으로서는 언제 결성되었는지도 모르는 'S학원 정상화를 위한 양심 교사 모임' 명의의 성명서가 발표되었다. 이사장의 최측근인 행정실장이 배임과 횡령 혐의로 검찰조사를 받았고, 침묵으로 일관하던 이사장도 참고인 신분으로 소환되었다. 그가 비서들의 부축을 받으며 지방검찰청에 출두하는 흑백사진이 지역신문 사회면에 실렸다. 노인은 곧 이사장직에서 물러났다. 얼마간 공석으로 남아 있던 이사장 자리를 차지한 이가 장이었다. 장에 관해 알려진 바는 극히 적었다. 집안에서 내놓은 자식이었는데 이번에 제대로 뒤통수를 쳤다, 젊었을 때 마약으로 문제를 일으킨 적이 있다, 영화 제작에 크게 투자했다 망했다, 망했지만 여전히 엄청난 재력가다 등의 루머가 넘쳐났다. 전임 이사장이나 그의 아

들들과 사이가 좋지 않다는 소문만은 사실인 것 같았다. 신임 이사장의 취임식 날, 전임 이사장 측근인 재단 직원들과 몇몇 교사들이 저지 농성을 벌였다. 새 이사장이 타고 온 흰색 에쿠스는 교정에 들어오지 못하고 교문 밖에서 멈춰야 했다. 곧 양쪽 친위대 사이에 물리적 싸움이 벌어졌다. 중학교 체육 선생이 휘둘러댄 곤봉에 시설팀 직원의 코뼈가 부러졌다. 고소를 한다는 소문이 돌았으나 누가 어떻게 조치를 취했는지 일은 더 확대되지 않고 사그라졌다. 새 이사장의 취임 이후 교무실은 보이지 않는 선에 의해 세 파로 나뉜 듯 보였다. 전임 이사장파, 신임 이사장파, 그리고 무당(無黨)파.

장을 이렇게 가까이서 보기는 처음이었다. 그는 키가 작고 마른 편이었는데 왜소하다기보다는 어쩐지 소년 같은 인상을 가진 남자였다. 앞머리를 한쪽으로 둥글게 내려 이마를 자연스럽게 가린 헤어스타일과 감각적인 디자인의 고동색 뿔테 안경 덕분인지 나이를 가늠키 힘들었다. 장이 입을 열었다. 갑자기 나타나서 놀라셨을 겁니다, 죄송합니다. 그 말이 진짜 사과의 뜻이 아니라 자신의 겸양을 드러내기 위한 수사임을 거기 모인 모두가 모를 리 없었다. 그러거나 말거나 양은 속으로 꽤 놀랐다. 제스처일 뿐이라도 그런 자세를 취하는 성공한 중년 남자를 본 것은 까마득히 오래전이었다. 무엇보다 그녀를 놀라게 한 것은 장의 목소리였다. 그가 차분하면서도 위엄 있는 바리톤의 음색으로 말했던 것이다. 곧이어 그는 새로 자매결연을 맺게 된 요코하마의 학교 이사장과 자신의 인연에 대해 짧게 설명했다. 유학 시절 알게 된 사이라고 했다. 간단히 말씀드려 형제 같은 사이입니다. 예정에는 없었으나 어렵게 시간을 내어 자신도 이번 일정에 동행할 수 있게 되었다는 요지의 문장이 신임 이사장의 입에서 흘러나오자, 교장들의 표정이 미묘하게 변했다.

잘 부탁드립니다. 장이 교사들 쪽을 바라보며 인사했다. 영어 선생이 새삼 목을 숙여 인사하는 시늉을 했고 음악 선생은 잇몸까지 드러내며 환히 웃었다. 양은 자신이 그 여자의 나이를 또렷이 기억하고 있다는 사실에 새삼 화가 났다. 언젠가 여럿이 있는 자리에서 그 여자가 아주 명랑한 목소리로 강조한 적이 있었다. 어머, 선생님 저랑 띠동갑이세요. 그때 양은, 아 김 샘도 보기보다 어리지 않네요,라고 간신히 맞받아쳤으나 그것이 상대에게는 칭찬으로 들렸을지도 모른다는 걸 뒤늦게 깨달았다. 장이 음악 선생을 마주 보며 미소 지었다. 양은 미간을 아주 살짝 찌푸렸지만 아무도 눈치채지 못했다.

출국일, 양은 이른 아침에 집을 나섰다. 여행용 트렁크의 자물쇠를 채운 다음 신발을 신기 전에 남편이 잠든 문간방 앞을 지나쳤으나 노크는 하지 않았다. 집결지는 학교 운동장이었다. 전세 버스를 타고서 하네다행 항공기가 이륙하는 김포공항으로 이동하기로 돼 있었다. 시간이 늦도록 중학교 아이 하나가 나타나지 않았다. 음악 선생이 보호자의 휴대폰으로 전화를 걸었다. 그냥 출발해야겠는데요. 전화를 끊고서 음악 선생이 대수롭잖다는 듯 말을 전했다. 걔네 아버지가 공항까지 바로 태워다 주는 길이래요. 그때 멀리서 흰색 에쿠스가 빠르게 달려와 섰다. 뒷좌석의 차창이 내려가고 장이 고개를 내밀었다. 그는 뿔테 안경 대신 레이밴 보잉 선글라스를 쓰고 있었다. 그 선글라스를 알아보는 순간 양은 소스라쳤다. 자신이 그것을 단숨에 알아보았으며 그와 동시에 박의 얼굴이 놀랍도록 생생히 떠올랐다는 사실 때문이었다. 이상한 두려움이 그녀를 휩쌌다. 양은 마음을 다잡으려 애썼다. 레이밴 선글라스를 쓰는 사람은 굉장히 많다. 특히 그 모델은 말할 나위도 없이 세계적 베스트셀러였다. 녹색이 감도는 짙은 렌즈 너머로 장이 무엇을 보고 있는지 알 수 없었다. 양은 음악 선생을 향해 단호하게 말했다. 일처리를 그렇게 하시면 안 되죠. 뜻밖의 반응에 음악 선생이 눈을 껌뻑였다. 정해진 원칙이라는 게 있잖아요? 쉽게 어기기 시작하면 정신없이 무너질 수 있어요, 다음에는 꼭 미리 상의해주세요. 양은 자신이 결연하고 단단한 사람, 함부로 흔들 수 없는 사람으로 비쳐지기를 바랐다. 음악 선생에게, 이사장에게, 이 세상 모두에게. 음악 선생이 고개를 까딱했다.

아이는 단체 탑승 수속이 끝나도록 김포공항에 도착하지 않았다. 전화기 너머 아이의 아버지는, 인천공항인 줄 알고 왔는데 어떻게 된 거냐며 되레 짜증을 냈다. 애 일본 보내실 거면 지금 이쪽으로 오세요. 양은 사무적으로 말하고 전화를 끊었다. 교복 위에 또 하나의 교복처럼 무채색 패딩 점퍼를 껴입은 한 떼의 아이들이 출국장 입구에 선 채 웅성웅성 떠들어댔다. 남자아이들 몇은 서로 밀치는 장난을 쳤다. 양은 신경이 날카로워졌다. 그 아이 하나 때문에 비행기를 놓친다면? 좋지 않은 조짐이 있을 때 가장 나쁜 경우를 상상하는 건 사소한 불운을 생애 전체의 불행에 대한 복선으로 확대 해석하는 버릇과 비슷했다. 하네다 도착 시간에 맞추어 현지 가이드와 자매결연 학교의 관계자가 마중을 나오기로 되어 있었고, 곧바로 요코하마로 이동하여 환영식에 참석한 뒤 점심 식사를 해야 했다. 비행기를 놓치면 10분 단위로 짜놓은 모든 계획이 순식간에 어그러지고 말 터였다. 이 모든 사태는 아까 독단적으로 일을 처리한 음악 선생 탓이었다. 양은 화를 억누르기 힘들었다.

먼저들 출발하시면 되죠. 뜻밖에 장이 나섰다. 그는 쉽게 상황을 정리했다. 자기가 뒤에 남아서 아이를 기다리겠다고 했다. 만약 놓치면 다음 비행기로 따라가면 된다고 말했다. 만석이면 어떻게 하느냐고 양이 말끝을 흐리자, 그러면 일등석이라도 타고 갈 테니 걱정하지 말라고 대답했다. 자, 마음 편하게 얼른들 들어가세요. 장은 씩 웃으며, 우리 아이들을 잘 부탁드린다고 덧붙였다. 그가 공항 안에서도 여전히 선글라스를 벗지 않고 있었으므로 양은 조금 덜 불편하게 그의 얼굴을 바라볼 수 있었다. 세련되고 소탈한 남자였다. 박과 달랐다. 어떤 남자와도 같지 않았다. 기내에서 그를 초조하게 기다리면서 양은 감사하다거나 죄송하다고 했어야 하는 게 아닌가 잠깐 후회하기도 했다. 그러나 그보다는 아까 출국장에서 헤어지기 직전 장이 했던 행동, 그녀의 어깨뼈 언저리를 두 차례 가볍게 두드린 그 손짓의 의미를 골똘히 추측하는 데 훨씬 더 많은 시간을 할애했다.

비행기 문이 닫히기 직전에 장이 올라탔다. 여자아이와 함께였다. 장의 레이밴이 어느새 뿔테 안경으로 바뀌어 있었다. 포니테일로 머리칼을 묶은 소녀는 뛰어오는 동안 울었는지 눈이 벌겠다. 양은 어른도 어린이도 아닌 나이의 인간들이 싫었다. 그 애들은 대개 수치심을 모르거나 얼토당토않게 과장하곤 했다. 장이 아이를 제자리에 앉혔다. 비즈니스 석으로 가다 말고 양의 곁에 잠시 멈춰 섰다. 제가 걱정 마시라고 했지요? 양에게 그것은 영락없이, 매력을 뽐내려는 수컷의 날갯짓처럼 보였다. 그녀는 무척 당혹스러웠다. 비행기는 전속력을 다해 희고 둥근 구름 속으로 빨려 들어갔다.

5일간의 여정에서 양이 장과 단둘이 되어본 순간은 단 두 번뿐이었다. 요코하마의 가나가와 근대문학박물관을 방문한 이튿날, 견학 시간이 예상보다 길어졌다. 투어 프로그램의 안내를 맡은 박물관 직원은 소장품 하나하나를 다 보여주고 싶어 했다. 학생들의 꽁무니를 따라 나쓰메 소세키가 쓰던 잉크병과 가와바타 야스나리의 육필 원고 앞을 지나고 있는데, 장이 귀엣말보다 약간 더 큰 목소리로 속삭였다. 누가 누군지 하나도 모르겠네요. 다른 남자, 이를테면 그녀의 남편이 그런 행동을 했다면 양은 벌컥 화를 냈을 것이다. 그런데 장의 말을 듣자 자신이 방금까지 하품을 참느라 무척 고역스러웠음을 새삼 인정했다. 일행은 여러 층의 계단을 걸어 내려가 어둠침침한 창고 안으로 안내받았다. 훈증 소독을 하는 방이라고 합니다. 통역사가 전했다. 기증받은 자료들을 트럭 짐칸에서 내려놓자마자 전용 박스에 집어넣어 이틀 동안 소독을 해야 한다고 했다. 왜요? 남자아이 하나가 물었다. 민가에서 보관하던 자료에는 잡다한 세균이 묻어 있기 마련이니까요. 뒤쪽에서 잘 안 들렸는지 누군가, 뭐라고?라고 중얼거렸다. 더럽다잖아. 어디선가 부주의한 목소리가 들려왔다. 이제부터 강당으로 올라가 준비된 슬라이드와 함께 학예사의 강의가 이어질 예정이라고 했다. 희미한 어둠 속에서 장이 옆에 선 양의 팔꿈치 자락을 살짝 잡아당겼다.

장과 양은 바깥으로 나왔다. 창고와 비교하니 겨울 햇살이 더 쨍하게 느껴졌다. 장은 안경을 벗고 레이밴을 썼다. 유유한 동작이었다. 박물관을 따라 조용한 산책로가 기다랗게 이어져 있었다. 바다가 보이는 전망대까지 걸어가는 동안 그들이 특별한 대화를 나누었던 것은 아니다. 선생님 앞에서 이런 말씀 드려서 민망하지만 솔직히 여기까지 와서 수업을 듣고 있기는 좀 그렇지 않느냐,고 장이 말했다. 양은 미소 지었다. 정정하 겠습니다, 실은 걱정스러웠어요, 맨 앞에서 꾸벅꾸벅 졸게 될 까 봐. 양은 저도 모르게 숨을 들이마시는 소리를 내며 웃었 다. 춥지 않아 다행입니다,라고 그가 말했고 정말 그래요,라고 그녀가 대답했다. 요코하마 좋지 않습니까. 장이 말했다. 딱 히 답을 기다리지 않는 문장이었지만 양은 또다시, 정말 그래 요,라고 맞장구쳤다. 이게 도쿄 만(灣)입니다, 바다죠. 전망대 에 커다란 스탠드 망원경이 설치돼 있었다. 장이 동전을 넣어 주었다. 양이 렌즈에 눈을 가져다 댔다. 바다는 푸르고 지평선 은 머나멀었다. 오후도 좋지만 요코하마는 밤에 참 아름답습 니다. 아, 네. 겨울도 좋지만 봄이 가장 좋고요. 네, 그렇군요. 말하자면 그들은 지금 가장 좋은 요코하마보다 조금 덜 좋은 요코하마에 있는 셈이었다. 도달할 데가 남아 있는 겨울 오후. 봄밤에 또 한 번 와보셔야죠. 그녀의 뺨이 붉어졌다.

　사흘째부터 마지막 날까지 장은 도쿄에 볼일이 있다며 요코 하마를 비웠다. 낯선 도시가 텅 비어버린 것 같은 생경한 느낌 에 양은 해야 할 일들이 손에 잡히지 않았다. 만약 인솔 교사 가 그녀 혼자였더라면 그가 적어도 이렇게 휙 가버리지는 않 았을 거라는 추측이 양을 괴롭혔다. 아이들이 홈스테이 가정 에서 식사를 하기로 되어 있는 마지막 저녁, 가이드가 그들을 역 근처의 이자카야로 안내했다. 장이 그들을 기다리고 있었다. 옆에서 말리지 않았다면 그는 메뉴판에 있는 모든 음식을 다 주문할 기세였다. 선생님들께 정말 감사드린다고 그는 여러 번 말했다. 든든하다고도 했다. 빠르게 술이 돌았다. 음악 선생은 가벼이 잔을 비웠고 장이 추천한 사케가 쌉쌀하면서도 감칠맛이 난다고 호들갑을 떨었다. 오랫동안 양은 자신의 주량 같은 것은 가늠하지 않고 살아왔다. 스스로 취하고 있다는 느낌을 받을 정도로 취했던 것은 25년 전, 박의 단골인 남대문 H호텔 일식당에서 정종을 마신 것이 마지막이었다.

그 밤에 박은 끝없이 울었다. 흐느끼다가 코를 풀고 다시 흐느끼기를 밤이 새도록 반복할 것 같았다. 그는 어린 연인 앞에서 한결같이 다감하고 애정 표현이 풍부한 남자였지만 그토록 처절하게 감정의 맨바닥을 드러낸 적은 없었다. 양은 그들의 사랑이 불투명한 도기 주전자에 담긴 뜨거운 청주 같은 것이었다고 의심해야 했다. 한 잔씩 따라 달게 홀짝이다 보면 이윽고 비어버리는 것. 퍼내어도, 퍼내어도 마르지 않는 술병은 없었다. 눈물을 흘리기 전에 박은 음모에 대해 말했었다. 공작에 휘말렸어. 그는 '적들'이라는 명사와 '저들'이라는 대명사를 병행해 사용했다. 정치인이라는 직업답게 전에도 종종 쓰던 용어였다. 적들이 이미 증거를 확보하고 있어, 저들은 덫에 걸린 짐승은 그냥 놔주지 않아. 그때까지 그녀는 오로지 시간만은 그들의 편이라고 믿었다. 모두에게 져도, 시간에만은 지지 않을 자신이 있었다. 다음 선거는 포기해야 할 것 같아. 그가 비장하게 말을 이었다. 나는 감당할 수 있지만 당신이 걱정이야. 저들이 들고 있는 증거의 수위가 어느 정도일지 모르지만 협박의 강도로 보아 당신까지 힘들어질 거야. 어리둥절함과 두려움이 차례로 양을 지나갔다. 밤이 한참 깊은 뒤에야 양은 그것이 이별의 선고임을 알아차렸다. 박이 흘렸던 눈물의 목적이 혹시 자신을 완벽하게 설득시키고 꼼짝없이 이별을 받아들이도록 하는 데에 있지 않았을까 하는 의구심은, 아주 나중에야 들었다.

　장은 일본 술에 일가견이 있어 보였고, 자기가 선택한 술의 첫 잔을 입에 댄 일행들이 감탄하는 모습에 어린애처럼 기뻐했다. 양은 술을 잘 못한다고 말했다. 실은 내가 잘하는지 못하는지 나도 몰라요, 취하도록 마실 기회가 없었거든요, 굉장히 오랫동안. 그건 아무리 마셔도 취하지 않는다는 뜻 아닙니까. 영어 선생이 대꾸했다. 양은 그가 별 열의도 없이 자신을 놀리고 있다는 것을 알아챘다. 어떤 사람에게는 있는 그대로의 사실을 입 밖에 내는 일에 굉장히 큰 용기가 필요하다는 사실이 다른 사람들에게는 자주 무시된다. 양은 일언반구도 하지 않았고, 보란 듯이 제 앞의 술잔을 비웠다. 대각선 건너에 앉은 장은 음악 선생에게 니가타산과 효고산 사케의 차이에 대해 설명하는 중이었다. 하나는 달고 다른 하나는 깊어요, 굳이 꼽으라면 저는 이쪽이 좋습니다. 때마침 영어 선생이 요란

한 소리로 재채기를 했기 때문에 장의 선택이 단맛인지 깊은 맛인지 듣지 못했다. 장은 양의 자리에 특별한 시선을 주지 않고 있었는데, 그녀는 그가 의식적으로 그렇게 행동하고 있다는 느낌을 받았다. 이해할 수 있는 일이었다.

왜, 옛날에 「블루라이트 요코하마」라는 노래가 유행이었잖아요? 영어 선생이 갑자기 말했다. 그런 노래가 있어요? 음악 선생이 되물었다. 일본 노래인가 봐요, 엔카? 아 못 들어보셨어요? 브루라이토 요코하마, 아루이테모, 아루이테모…… 영어 선생의 입에서 흘러나오는 노래는 우스꽝스러웠다. 대관람차 이야기를 꺼낸 건 음악 선생이었다. 한번 타보고 싶었는데 못 타고 가네요. 그러자 장이 손목시계를 보았다. 지금 가면 되겠네요. 그들은 밖으로 나왔다. 장이 손가락으로 아주 멀리를 가리켰다. 초록 불빛으로 반짝이는 대관람차가 보였다. 그들은 택시에 나누어 탔다. 영어 선생이 앞자리에 냉큼 올라탔고 음악 선생과 양, 장이 뒷좌석에 나란히 앉았다. 차가 흔들릴 때마다 양의 허벅지와 장의 허벅지가 아주 살짝 스쳤다가 떨어졌다. 스쳤다 떨어진 자리에 도넛 같은 모양으로 뜨거운 화기가 번졌다. 가까이 다가갈수록 대관람차는 점점 커졌다. 원(圓) 모양으로 쏘아 올린 거대한 불꽃놀이처럼 휘황하고 찬란히 빛나는 그것은, 이 도시의 진정한 지배자인 것 같았다. 택시에서 내려 지상에 섰을 때 그녀는 허공에 위태롭게 매달린 수십 개의 상자들을 보았다. 네모난 상자들이 아주 천천히 움직이는 광경을 보았고 그 정중앙에 박힌 디지털시계의 숫자를 보았다. 9:43. 그 찰나, 마지막 숫자가 4로 바뀌었다. 9:44.

양은 관람차에 탑승하지 않았다. 속이 좋지 않다는 핑계를 댔다. 다들 타러 간 줄 알았는데 어느새 장이 다가와 옆에 섰다. 저는 겁이 나요. 그가 낮은 목소리로 고백했다. 정점에 거의 다다른 순간이 가장 무서워요, 창문을 부수고 뛰어내릴 것 같거든요, 이해할 수 있겠어요? 양은 고개를 끄덕였다. 그들은 더 이상 아무 말도 하지 않았다. 쳇바퀴 돌듯 서서히 돌아가는 관람차를 물끄러미 지켜보았다. 네온사인의 불빛이 빨간색으로 변했다. 원 테두리를 둘러싼 수십만 개의 알전구들이 깜빡, 깜빡, 깜빡 점멸했다. 눈부신 광경이었다. 장이 뿔테 안경을 벗고 레이밴 선글라스를 썼다. 가장 높은 곳에 오른 관람차가 잠시 멈추었다고 느낀 것은 착시 현상 탓일까. 정점에 도달했던 상자는 아무 비밀도 목격한 적 없다는 듯 천천히 하강했다.

땅을 출발한 상자가 다시 제자리로 돌아오는 데는 15분이 걸렸다. 15분 만에 지상으로 내려온 음악 선생은 관람차 안에 앉아 있는 일이 생각보다 지루했다고 투덜거렸다. 야경은 멋지지 않았느냐고 영어 선생이 물었다. 사랑하는 사람과 함께였다면 그랬을지도 모르지요. 음악 선생이 말하자 영어 선생이 익살스러운 표정으로 혓바닥 빼무는 시늉을 했다. 그들은 숙소 앞의 펍pub으로 자리를 옮겼다. 실내는 조도가 낮고 시끄러웠다. 무명의 여가수가 일본어 가사로 재즈를 불렀다. 음정이 지독히 안 맞았다. 모두 다 취했다. 양도 취했다. 25년 만이었다.

그들은 김포공항 입국장에서 헤어졌다. 장은 깍듯하고 정중하게 인사를 하고, 마중 나온 운전기사를 따라 공항을 빠져나갔다. 양은 학생들을 인솔하여 전세 버스에 태웠다. 아이들을 학교까지 안전히 인도해 해산시키는 것이 그녀에게 부과된 임무의 끝이었다. 닷새 전에 세워놓은 자동차가 교직원 주차장에 그대로 서 있었다. 집까지 오는 길 말고 그곳에서 그녀가 갈 다른 길은 없었다. 중간쯤부터 빗방울이 떨어지기 시작했다. 아파트 주차장에서 시동을 끄고 운전석 등받이를 뒤로 젖혔다. 눈을 감았다. 잠이 오는 것은 아니었다. 빗방울이 타닥타닥 차 지붕 위로 떨어졌다. 아무것도 하지 않은 채로, 죽은 사람처럼 양은 차 안에 한참을 머물렀다.

헤어지고 나서 박에게서 꼭 한 번 연락이 왔었다. 양이 전혀 연고가 없던 경기도 소도시 외곽의 S여고 앞에 조그만 집을 얻고, 동네 청년과 결혼을 하고, 살림이 아주 서툴지는 않을 정도로 시간이 흐른 다음이었다. 몇 해가 훌쩍 지나는 동안 행복해지고 싶다는 생각은 하지 않았다. 그럴 틈이 없었다. 주인이 몰래 유기하고 간 어린 가축처럼 살아남기 위해 살았다. 의지에 앞선 본능이었다. 박게 연락이 왔을 때는 그녀가 임신 6개월째에 접어들 무렵이었다. S여고에서도 집에서도 멀리 떨어진 곳에서 양은 박의 차에 올라탔다. 박은 검은색 중형차를 직접 운전해서 왔다. 해가 이울어가는 늦은 오후였는데 그는 커다란 선글라스를 벗지 않았다. 레이밴의 가장 흔한 모델이었다. 할 만하냐고 그가 물어왔다. 주어가 없는 물음이었다. 네. 양이 짧게 답했다. 박이 다행이다,라고 했다. 정말 다행이다,라고 반복했다.

이태 전에 치러진 총선에서 박은 아슬아슬한 표 차이로 지역구를 지켰다. 축하한다고 해야 할는지 너무 늦은 건 아닌지 양은 판단이 서지 않았다. 양은 배꼽 위에 두 손을 포갠 채 잠자코 앉아 있었다. 박은 의회에서 무슨 간사직을 맡게 되어 많이 바쁘다고 했고, 신장에서 종양이 발견되어 조직검사를 받게 되었다고 했다. 아까 축하한다는 말을 섣불리 입 밖에 내지 않아 다행이었다. 그렇다고 유감이라고 하거나 다른 위로의 인사를 건네는 것도 주제넘은 짓 같았다. 점심을 먹는 둥 마는 둥 해서인지 양의 위장에서 꼬르륵 소리가 났다. 조금 후에 양은 숨을 작게 들이마시고 이제 가봐야겠다고 말했다. 이유 같은 것은 덧붙이지 않았다. 음, 잘 가요. 박이 갑자기 존댓말을 했다. 네, 가세요. 내리고 나서 미안하다는 말을, 듣지도 하지도 못했음을 알았다. 그러니 비긴 게임이라고 양은 혼자 중얼거렸다. 그 뒤 그들은 편지 한 통 주고받지 않았다.

장에 대하여, 양은 다양한 가능성들을 염두에 두었다. 이곳에서 만날 수는 없을 터였다. 수많은 졸업생과 학부모 들이 조그마한 도시 곳곳에 포진해 있었다. 서울은 내키지 않았다. 이곳에 짜부라져 지내는 사이 서울은 그녀에게 너무 거대한 이름이 되어버렸다. 어쩌다 서울의 번화가 한복판을 걸으면 그녀는 어리벙벙하고 머리가 지끈거리고 그래서 슬퍼지곤 했다. 아니다. 직접 만날 필요는 없을지도 몰랐다. 그들은 심야 통화를 할 수도 있었다. 다른 통신 수단들이 그들을 이어줄 수도 있었다. 문자메시지, 이메일, 블로그, 카카오톡, 아니면 그녀가 아직 알지 못하는 현대적인 어떤 것들이. 어쨌든 이번에는 그녀가 무서워하는 것에 대해 고백할 차례였다.

겨울방학이 지나도록 연락은 오지 않았다.

졸업식에 참석한 장의 모습을 먼발치에서 보았다. 장은 세련된 패턴의 암녹색 넥타이를 맸다. 그는 명징한 바리톤의 음성으로 기념사를 또박또박 읽어 내려갔다. 전임 이사장의 연설보다 귀에 훨씬 잘 들어왔지만 내용 면에서는 대동소이했다. 연설이 끝나자 그는 자기만의 의식처럼 안경테를 살짝 추켜올렸다. 무성의한 박수 소리가 들려왔다. 양의 가슴이 서서히 저려왔다. 졸업식과 입학식 사이에, 중학교 음악 선생과 남고의 영어 선생이 각각 무단결근하는 바람에 작은 소동이 벌어졌다. 두 사람 다 가족에게도 상사에게도 아무 예고 없이 증발했다. 학교 안팎의 호사가들은 두 사람이 함께 사랑의 도피 행각이라도 벌인 게 아니냐며 수군거렸고, 그렇다면 둘이 절

묘하게 어울리는 한 쌍이라면서 낄낄댔다. 채 녹지 않은 운동
장 모퉁이의 잿빛 눈 뭉치들처럼 이런저런 소문들이 굴러다녔
지만 지속적인 관심을 끌지 못하고 금세 유야무야되었다. 악
의적이고 끈질기게 물고 늘어지기에 그들은 매력적이지도 흥
미롭지도 않은 대상이었다.

입학식 날까지도 둘은 돌아오지 않았다. 입학식에 장은 밝
은 오렌지 빛깔 타이를 매고 왔다. 지난번보다 한결 젊고 활
기차 보였다. 만물이 소생하는 계절입니다. 그가 준비한 축사
는 그렇게 시작했다. 난방이 들어오지 않는 실내에 겨울 외투
를 껴입고 선 신입생들 사이에서 그의 언어는 공허하게 울려
퍼졌다. 장의 목소리를 듣는 동안 양은 음악 선생과 영어 선생
을 생각했다. 360도 공중을 회전하던 그 작고 네모난 상자에
대하여, 머뭇머뭇 지상에서 멀어져가던, 위태로운 나뭇잎처럼
흔들거리던 그 방(房)과 결코 사라지지 않았던 15분에 대하여,
언제고 풀리고 말 마법에 대하여 생각했다. 지금은 그들의 안
녕을 기원할밖에 양에게 다른 선택지는 없었다.

바로 다음 날부터 새 학기가 시작되었다. 새 학기 첫날이라
고 다를 것은 없었다. 양은 여느 때처럼 출근 준비를 했다. 서
두를 필요는 없었다. 눈뜨자마자 머리맡의 안경을 찾아 쓰고,
세수를 하고, 간소한 화장을 하고, 간밤 끓여놓은 국에 밥을
말아 반 공기쯤 먹고, 이를 닦은 뒤, 지난 세기의 어느 날 장
만한 겨울 정장 중 하나를 꺼내 입었다. 역시 지난 세기의 어

느 날 학부모에게서 선물 받은 목도리를 꺼내 두르고, 입을 만한 몇 벌의 코트 중에 하나를 골라 걸쳤다. 남편이 잠든 81제곱미터 아파트의 현관문을 열고 나서면서 양은 자신의 등을 떠미는 어떤 힘의 존재를 느꼈다. 출근길마다 듣던 라디오 프로그램의 진행자가 바뀌었다. 봄 개편이라고 했다. 새로 바뀐 진행자는 수다스럽고 비음이 심한 여자 코미디언이었다. 영문도 모른 채 애인에게서 이별을 통고받은 기분이 잠깐 들었으나 10분쯤 들어보니 그 여자도 나쁘지 않았다. 청취자의 사연을 읽다가 흐느끼느라 말을 잇지 못하는 모습이 거짓 같지는 않았다. 1년 동안 잘해보자. 아침 조례 시간, 담임을 맡은 2학년 아이들에게 양은 힘주어 말했다.

*

종이에 인쇄된 글자를 읽기 위해서는 이제 돋보기가 없으면 안 되었다. 토요일 오후의 교무실은 더할 나위 없이 고적했다. 당직을 서다가 양은 무료하게 지난 신문들을 뒤적였고, 사흘 전 날짜의 일간지에서 박의 부고를 읽었다. 숙환이라는 단어에 눈이 오래 머물렀다. 이윽고 양은 돋보기를 신문지 위에 가만히 내려놓고 의자에서 일어섰다. 뜨거운 물에 믹스 커피를 한 봉지 타서 자리로 돌아왔다. 물 위로 둥둥 떠오르는 커피 가루들을 일회용 스틱으로 천천히 휘저었다. 유리창 너머

봄의 햇살이 비스듬히 쏟아져 들어왔다. 올봄에는 선글라스를 하나 사야겠다고 양은 두서없이 생각했다. 레이밴의 보잉은 자신에게 어울리지 않는다고도.

누구나 죽는다. 언젠가 장의 부고도 받게 될 것이다. 장이 양의 부고를 받는 것이 먼저일 수도 있었다. 최후의 문장이 누구의 것이든 애도는 남아 있는 자의 의무였다.

그녀에겐 여전히 긴 오후가 남아 있었다.

서
랍

속의

집

부동산중개사는 고동색 뿔테 안경을 쓴 오십대 여자였다. 자신을 금 실장이라 부르면 된다고 했다. 그 여자가 진과 유원을 데리고 간 집은 603호였다. 짐이 전혀 없는, 텅 빈 집이었다. 동남향이었고 거실이 네모반듯했다. 베란다는 확장되어 있지 않았지만 방문과 창틀을 비롯한 전체 인테리어가 흰색 톤으로 맞추어져 있어 평수보다 넓어 보이는 효과를 주었다. 27평에 방 세 개가 이만큼 널찍하게 빠지기는 결코 쉬운 일이 아니라고 금 실장은 재차 강조했다. 욕실이 좁다고 유원이 지나가듯 한마디 던지자 그 여자는 산도 좋고 물도 좋은 곳이 어디 있겠느냐고 말을 받았다. 진이 처음 흔들린 건 그 순간이었는지도 모른다. 그것은 진에게 완벽히 균형 잡힌 인생은 없다는 뜻으로 번역되어 들렸다. 햇볕이 잘 들고 거실과 방이 고루

넓은 데다 화장실에 주방까지 넓은 20평대 아파트는 세상에
존재하지 않는다. 그 사실을 인정하자 진은 기이한 안도감을
느꼈다.

그러니까, 17층이 여기랑 완전히 똑같다는 거죠?

유원의 목소리가 들려왔다.

그럼요.

금 실장이 대답했다.

사실 전망으로 치면 여기보다 17층이 훨씬 더 좋지요.

진은 유원과 나란히 선 채, 금 실장이 손가락으로 가리킨 거
실 유리창 너머를 바라보았다. 대형마트의 옥외 주차장과 아
직 정비되지 않은 신택지지구의 올망졸망한 주택들이 내려다
보였다.

6층도 이렇게 시원한데 17층이야 볼 것도 없어요. 아주 탁
트였어요.

생각보다 괜찮은데? 어때?

작은방의 붙박이장을 열었다 닫으며 유원이 물었다. 진은
자신의 남편이 그런 이야기는 부디 둘만 있는 곳에서 할 줄 아
는 사람이기를 바랐다.

글쎄, 아직은 잘.

그녀가 얼버무리자 금 실장이 어깨를 들썩이는 시늉을 했다.

아휴, 그러다 놓친다니까요. 그러기엔 정말 아까워요. 오늘
만 해도 몇 팀이나 보고 갔는지 몰라요.

그 말은 과장일지언정 완전한 거짓말 같지는 않았다. 진은 17층에 한번 올라가보고 싶다고 했다. 금 실장이 안경테에 손가락을 얹었다.

그러니까요, 참. 저도 그게 아쉽네요. 세입자가 유별나가지고.

여기 오기 전에도 두세 번 되풀이했던 소리였다. 매매를 위해 집을 내놓은 곳은 1703호였으나, 여자는 그들을 603호로 데려왔다. 603호는 월세 세입자가 나타나기를 기다리며 비어 있는 집이었다.

그냥 다 똑같은 집이라고 보시면 돼요. 여기 3, 4호 라인은 구조가 다 똑같으니까.

1703호에 전세로 살고 있는 세입자가 집을 잘 안 보여주려 하기 때문이라 했다.

간혹 그런 사람들이 있어요. 아직 전세가 만료된 게 아니라서 법적 의무는 아니니까요. 그래서 집주인분도 어쩔 수 없이 이렇게 저렴하게 내놓으신 거예요.

아닌 게 아니라 1703호의 호가는 일반적인 시세보다 3천만 원가량 쌌다. 국산 중형차 한 대 값이었다. 정말 똑같다면, 선택하지 않을 이유가 없었다. 눈으로 확인하지 않아도 믿는 이들이 있었다. 눈으로 확인하지 않아야 믿는 이들도 있었다. 더 철저히 믿는 쪽이 이기는 것이 거래의 규칙인지도 몰랐다.

아니요, 집에는 못 들어가봐도 한번 올라가보고는 싶어요.

그들은 진의 바람대로 엘리베이터를 타고 17층에 올랐다. 6층과 다른 점은 아무것도 없었다. 두 개의 철제 현관문이 얼마간의 간격을 두고 나란히 놓여 있었다.

아무도 없기는 하겠지만, 그래도 혹시 모르니까요.

금 실장이 1703호의 초인종을 길게 눌렀다. 삐이이이익. 삐이이이익. 연달아 두 번 눌렀지만 안에서는 아무런 응답도 없었다. 진은 견고히 닫혀 있는 1703호의 현관문을 물끄러미 바라봤다. 한 집의 주인이 된다는 것은 대체 어떤 의미일까. 부부의 공동 자산이 생긴다는 뜻, 2년이 지나도 더 이상 이사를 걱정할 필요가 없다는 뜻, 10년 넘도록 갚아야 할 빚더미가 어깨에 짐짝처럼 얹힌다는 뜻 말고 또 다른 게 있을지도 몰랐다. 1703호는 대답 없이 묵묵하기만 했다. 다시 엘리베이터를 타고 1층에 도착하기도 전에 유원이 못 참고 입술을 달싹였다.

실장님, 우리가 매매를 했는데 세입자가 버티고 안 나가면 어쩝니까?

그는 진지했다. 진은 등줄기가 서늘해졌다. 희미하게 공기 중을 떠돌던 불안의 실체가 느닷없이 손안에 잡힌 느낌이었다. 중개사가 웃음기를 거두었다.

아, 그런 일은 없죠, 사장님. 다음 달이면 계약이 만료되니까요.

그래도 막무가내라면 부동산에서 책임지실 수 있나요?

그럼요. 저희가 그렇게 허투루는 일을 안 하죠, 사장님.

연달아 사장님으로 불린 유원이 뭐라 대꾸하기도 전에 그들은 지상에 닿았다. 공용 현관문 안쪽에 서서 이야기를 마저 나누었다. 금 실장은 이렇게 있어봐야 아까운 시간만 지날 뿐이라고 했다. 아직 마음의 결정이 끝나지 않았어도 괜찮으니 일단 집주인과 만나보라는 게 그 여자의 의견이었다.

손바닥도 마주쳐야 소리가 나잖아요.

그것은 적절한 비유 같기도 하고 엉뚱한 비유 같기도 했다.

가격적인 부분에 있어서도 그래요. 저희가 중간에서 조율하기는 아무래도 한계가 있으니까요. 한번 인간 대 인간으로 만나서 이렇게 딱 다이렉트로 네고를 해보시면, 여기 집주인분도 쩨쩨하거나 말 안 통하는 어르신 아니니까, 기분이다, 통크게 깎아주마, 할 수도 있는 문제고요.

유원이 솔깃해하는 눈치임을 진은 알아챘다. 중학교 교복을 입고 큼지막한 책가방을 멘 소년 하나가 유리문 밖에 서 있는 모습이 보였다. 소년이 비밀번호를 누르자 공용 자동문이 활짝 열렸다. 그들이 선 곳을 지나쳐 승강기 쪽으로 걸어가는 소년의 뒷모습을 바라보면서 진은 저 문을 들어서는 10년 후의 시우를 떠올렸다. 아직 지구에 오지 않은 둘째 아이도 떠올렸다. 올해로 지은 지 10년째인 아파트이니 10년이 흐르는 동안 낡기는 하겠지만 못 봐줄 수준은 아닐 것이다. 10년은 구불구불 흐를 것이다. 10년 후에 시우는 저 소년처럼 중학교에 다닐 것이고 진보다 키가 훌쩍 클 것이다. 둘째는 단지 내의 초등학교에 다니고 있을 것이다. 둘째를 그 정도 키워놓으려면 내년,

늦어도 후년에는 임신을 해야 했다. 단지 내에 어린이집과 유치원과 초등학교가 있으며 도보로 10여 분 거리에 중학교까지 있다는 점은, 일하는 엄마를 둔 아이들을 위해 더할 나위 없는 조건이었다.

금 실장은 즉석에서 집주인에게 전화를 걸더니 토요일 낮에 만나는 것으로 약속을 잡았다. 일이 빠르게 진행될지도 모른다는 실감이 비로소 들었다. 우리 집. 내 집. 차 안에서 진과 둘만 있게 되자 유원이 말했다.

원래 이런 일은 얼떨결에 치르는 거라고 했어.

누가 그랬는데?

응? 누가 그랬더라…… 아무튼 예전에 들었어.

진은 운전대를 잡은 남편의 옆모습을 흘낏 보았다. 어딘가에 집중해 있을 때 나타나는 멍한 표정이었다. 그는 이미 3분의 2쯤 결심을 굳혀가고 있었다. 진은 남편에 대해 그 정도쯤은 알았다.

집을 살 계획 같은 것은 전혀 없었다. 한 달 전까지만 해도 그랬다. 결혼을 하고 6년이 흐르는 동안 그들은 세 번 이사했다. 한국에서 주택의 전세 계약 기간은 일반적으로 2년이니 전세 만기가 도래할 때마다 새집으로 옮긴 셈이었다. 두번째 집은 신혼집보다 다섯 평 넓어졌고 방도 하나 더 늘어났다. 대출도 늘어났다. 세번째 집은 두번째 집보다 세 평 좁아졌다. 방의 개수는 그대로였지만 대출은 늘어났다. 대출은 계속 늘어 나기만 했다. 가계 빚의 규모가 좀 늘었다고 해서 생활이 크게 달라지는 건 아니었다. 유원과 진이 모두 매달 일정한 날에 일 정한 액수의 급여를 받는 직장인이었으므로 일상생활은 그럭 저럭 전과 비슷하게 유지되었다. 모든 금융 관련 거래는 유원 이 맡아 했다. 그가 원해서였다.

어차피 너는 귀찮아하잖아.

신혼여행지에서 돌아오자마자 그는 열두 살짜리 조카딸을 배려하는 외삼촌 같은 말투로 진의 공인인증서를 요청했다. 그 말에 반박하지 못한 건 어느 정도 사실이었기 때문이다. 약 간의 개인 용돈을 제외한 진의 급여 대부분은 유원의 급여와 합쳐져 생활비로 사용되었다. 여느 가정과 다를 바 없는 지출 이었다. 전세자금대출의 이자, 신용카드 대금, 고만고만한 적 금 몇 개, 보험료, 아이의 어린이집 보육료, 각종 공과금과 아 파트 관리비 같은 것들. 그 항목 사이에 하나의 공통점이 있다 면 지난달에 미리 사용했다는 점이었다. 전달의 외상값을 다 음 달에 갚아가는 시스템 말고 또 다른 방법으로 사는 현대 가 족을 진은 거의 본 일이 없었다. 가까이서 본 적이 없다는 것 이지 그 존재조차 부정한다는 뜻은 아니었다. 어딘가에는 그 런 사람들도 있을 거였다. 한 달, 아니 석 달이나 넉 달, 그 이 상의 생활비를 일반예금통장에 아무렇지 않게 넣어두고 있는 사람들. 아무 때나 꺼내 써도 되고, 꺼내 쓰지 않아도 되는 돈.

진은 전세 만기가 다가오고 있다는 것을 가늠하고 있었다. 유원도 마찬가지였다. 유원은 내심 전세 연장을 예상하고 있었다.

이런 집이 한두 개가 아니라며. 아직까지 연락 안 오는 걸 보면 우리 집을 잊어버린 거야. 어차피 조금 있으면 자동 연장이니까, 보름만 버텨보자.

그의 의도와는 상관없이 비장한 농담처럼 들렸다. 집주인은 유원과 진보다 다섯 살 많은 남자였다. 계약서를 쓴 부동산에서는 이런 집을 여러 채 가지고 있는 유지라고 설명했다. 유지(有志)라는 고색창연한 한자어 앞에서 진은 실소를 참았다. 전세 계약을 체결할 때 그 남자를 딱 한 번 보았다. 그는 이 도시에서는 흔히 보기 어려운, 자줏빛 SUV를 타고 왔다.

랜드로버 디스커버리야.

유원이 진의 귀에 대고 속닥였다. 남자는 늦어서 죄송하다고 깍듯하게 사과했다. 계약서에 망설임 없이 도장을 찍고 나서는, 이사 잘 하시고 이 집에서 좋은 일만 있으시기를 바란다는 서글서글한 인사말을 남기고 바람처럼 사라졌다.

신분증 주소 봤냐?

나중에 유원이 물었다.

아니.

보았지만 진은 그렇게 말했다.

이 동네에 수십 채 가지고 있다면서 자기는 다른 데 산다.

부동산에서는 분명 그의 집이 수십 채가 아니라 여러 채라고 했었다. 구태여 정정해줄 까닭도 없으므로 진은 유원의 착각 혹은 과장을 그대로 놓아두었다. 물론 좋은 집주인을 만났다는 유원의 의견에 반박할 생각은 없었다. 지난겨울 보일러가 고장 났을 때 곧바로 수리 대금을 입금해주었던 것을 봐도 틀림없이 그래 보였다. 그는 수리 업체가 제시한 금액에 토를 달지도 않고 가격을 깎으려 들지도 않았다.

진과 유원은 그를 선량하고 마음 넓고 기억력 좋지 않은 부자라고 믿었던 것 같다. 믿고 싶었던 것 같다.

집주인에게 통보가 온 것은 전세 만기일을 정확히 세 달 남겨둔 시점이었다.

안녕하세요. 현재 시세에 맞추어 전세금을 인상하려고 합니다. 양해 바랍니다.

그때 진은 퇴근길 버스 안에 있었다. 손잡이를 잡고 엉거주춤 선 채, 맞춤법과 띄어쓰기가 한 군데도 틀리지 않은 집주인의 문자메시지를 읽었다. 한 번 읽고는 두 번 더 되풀이해 읽었다.

버스는 규정 속도대로 달렸다. 곧 내려야 할 정거장이었다. 창밖으로 친숙한 간판들이 지나갔다. 지하철역에서 꽤 떨어진 가파른 언덕 위에 지어진 아파트라는 단점, 신축 아파트의 같은 평형에 비해 실내가 좁게 설계되었다는 단점에도 불구하고 지난 2년여 동안 진은 이 집에서의 생활에 큰 불만이 없었다. 만족했다는 뜻과는 달랐다. 불만족과 만족을 꼼꼼히 헤아리기에 너무 바쁜 나날이었다.

버스가 횡단보도에 섰을 때 재빨리 폰으로 아파트 이름과 평형을 검색해보았다. 같은 조건의 집들이, 그들이 2년 전에 계약했던 것보다 20퍼센트 높은 가격에 거래되고 있었다. 짐작은 하고 있었지만 이 정도로 많이 올랐을 줄은 몰랐다. 선택지는 많지 않았다. 올려줄 것인가, 나갈 것인가. 진은 유원에게 문자메시지를 포워딩했다. 그는 이즈음 계속해서 야근이었다. 중요한 프로젝트를 수주하기 위해서라고 했다.

이번에 못 따면 목을 따야 한다더라.

누가?

팀장이. 노동청에 고발할까?

전날 밤, 파김치가 되어 자정께에 귀가한 유원은 인상을 찌푸리지도 않고 투덜거렸다. 그가 손도 씻지 않고 양말도 벗지 않은 채 소파에 벌러덩 누워버렸기 때문에 자신도 모르게 진은 콧등을 찡그렸다. 그는 요즘 자주 이 상태로 잠이 들어 아침까지 내처 갔다. 잘 거면 제대로 준비하고 들어가 누우라고 또박또박 말했을 뿐인데 유원은 그것을 다르게 받아들인 듯했다. 그는 이맛살을 구기며 소파에서 벌떡 일어났다.

종일 힘들게 일하다 들어온 사람한테 넌 기껏 그런 말밖에 못 하니?

유원은 어깨를 떨어뜨리며 웅얼거렸다. 진은 작은 소란에 시우가 깰까 봐 걱정이 되었다. 아이가 잠든 작은방 문을 꼭 닫았다. 아이는 유난히 밤잠이 없고 아침잠이 많았다. 아침이면 잠이 덜 깬 아이를 질질 끌다시피 데리고 나와 어린이집에 넣어야 했다. 유원은 그게 힘들다는 진을 이해하지 못했다.

나는 네가 부러운걸. 출근 시간이 늦어서.

그는 진이 부랴부랴 퇴근해 어린이집에서 아이를 찾아 저녁을 차리고 씻기고 하는 일에 대해 말할 때도 늘 비슷한 반응이었다.

나도 6시 땡 치면 애 얼굴 보러 달려가고 싶고, 맛있는 거 만들어 먹이고 싶고, 잠들 때까지 껴안고 누워서 책 읽어주고 싶어. 그게 힘들면 너랑 나랑 회사 바꿀래?

비아냥거리려는 목적이 아니라 유원은 정말 그렇게 생각하는 듯했다. 그와 이런 대화를 나누고 있으면 멀리 떨어진 축대와 축대 사이에 희고 가느다란 줄을 하나 연결하고는 그 위를 걸어서 건너는 것처럼 아득했다.

어린이집 문을 열고 들어서는데 유원에게 답장이 왔다.

뭐야? 어쩌라는 거지?

진은 그가 찍은 두 개의 물음표가 집주인이 아니라 자신을 향한 것으로 느껴졌다. 진이 보기에 요즈음 유원은 자주 이런 트릭을 사용하려 들었다. 제삼자의 위치를 선점해버림으로써 당면한 문제에 대한 실무적 책임을 타인의 몫으로 넘겨버리는 것이다. 그 타인이 바로 진이었다.

어린이집 문을 열자 여느 때처럼 체구가 유난히 작은 네 살 남자아이가 제일 먼저 현관 앞으로 뛰어나왔다. 제 엄마가 아니라는 걸 확인하고 나면 매번 아이의 눈동자가 왈칵 흐려졌다. 그 깊고 먹먹한 눈동자를 무방비로 마주 보는 일은 매일 반복해도 적응이 되지 않았다.

미안. 너희 엄마도 금방 오실 거야.

진의 말이 아이의 귀에 제대로 들리는지는 알 길이 없었다. 시우는 항상 느릿느릿, 별로 반가워하는 기색도 없이 걸어 나왔다. 진은 시우를 힘껏 껴안았다. 시우는 말없이 폭 안겼다. 올 때처럼 아이 가방을 자신의 어깨에 둘러메고 시우의 손을 잡고 밖으로 나섰다. 땀이 많은 아이의 손은 늘 축축이 젖어 있었다. 어린이집 안에는 아직 아이 두셋이 더 엄마를 기다리고 있을 것이다. 그래도 시우가 마지막이 아니라서 다행이라고 문득 생각했다.

업힐래?

아이가 고개를 저었다.

어떻게 했으면 좋겠어?

유원이 자못 심각하게 진의 의중을 물었다. 그녀 또한 답을 알지 못했으므로 묵묵히 커피잔을 비웠다. 언젠가부터 아무리 늦은 시간에 카페인을 섭취해도 잠드는 것에는 전혀 지장이 없었다. 베개에 머리를 대기만 하면 곧 깊은 잠 속에 빠져들곤 했다. 꿈 없는 먹빛 잠이었다. 그러다 알람시계가 울리기 전에 기계처럼 눈을 떴다. 어둠침침한 새벽, 머리맡을 더듬어 핸드폰의 시간을 확인해보면 6시 20분이거나 19분이거나 21분이었다.

하긴, 뭘 어떻게 하겠냐.

유원이 체념하는 투로 말했다.

집 알아보자.

이사 가겠다고?

그래야지.

말이 되니? 그냥 살자.

진의 진심이었다. 최선은 아니겠지만 역시 그 길밖에 없었다. 집주인의 연락을 받은 순간부터 진은 차선에 대해 궁리해왔다. 전세대출을 좀더 받고, 마이너스 통장을 좀 끌어다 쓰면 해결 못 할 것도 없다 싶었다. 유원은 미쳤느냐고 했다.

내일 아침에 근처 부동산에 다 전화해봐.

왜?

그거 나가라는 뜻이야.

그게 왜 나가라는 뜻이야? 돈 올려달라는 뜻이지.

올려주면서까지 여기 살아야 할 메리트가 없어.

시세라는 게 있잖아.

너 항상 언덕 아랫동네 살고 싶다고 했잖아.

거긴 더 비싸.

도둑놈들.

유원이 느닷없이 중얼거렸다. 대상이 불분명한 욕설이었다. 그는 아까부터 그렇게 말할 타이밍을 엿보고 있었던 것만 같았다.

어떻게 이렇게 뒤통수를 치냐.

유원은 오래 사귄 애인에게 배신당한 것처럼 굴고 있었다. 유원의 과한 반응에 진은 어리둥절했으므로 맞장구를 쳐줄 수 없었다. 2년 전에 그때의 시세가 있었다면, 지금은 지금의 시세가 있지 않은가. 여러모로 이것과 비슷한 조건의 아파트를 구하려면 결국 비슷한 액수가 필요할 것이다. 이사 비용과 복비를 계산해보면 어느 쪽이 나을지 빤했다.

다음 날 아침, 진은 문자메시지를 한 통 받았다. 유원이 방금 전 집주인에게 보낸 메시지를 포워딩한 것이었다.

안녕하세요. 저희 이사 나갈 예정입니다. 계약만료일에 전세금 반환 부탁드립니다.

몇 군데 부동산에 집을 알아봐달라고 부탁하고 나서, 주말마다 집을 보러 다니게 될 줄 알았다. 그러나 부동산에서는 아무런 연락이 없었다. 먼저 연락을 해보면 2~30평대의 전세가 귀해도 너무 귀하다는 말만 반복했다. 그들이 살던 집은, 내놓자마자 이틀 만에 열 팀이 넘게 다녀갔다. 집을 보러 온 사람들은 각양각색이었다. 제 신을 벗기도 전에 남의 집 신발장을 활짝 열어보는 젊은 여자도 있었고, 양가 부모에 시누들까지 열 명 가까운 인원이 점령군처럼 몰려온 경우도 있었다. 이렇게 좁은 집은 싫다고 했는데 왜 데려왔느냐고 중개사에게 성내는 중년 사내도 있었고, 한구석의 진에게 은밀히 다가와 지금 전세금 얼마에 살고 있는지, 층간소음은 어떤지, 여름에 덥고 겨울에 춥지는 않은지 꼬치꼬치 캐묻는 할머니도 있었다. 남자들 대부분은 들어올 때부터 빨리 나가기만을 염두에 둔 것처럼 대충 훑다 나갔고, 여자들은 조심스러운 듯 들어와서는 부엌장의 밥그릇 개수까지 셀 정도로 면밀히 살림살이를 살폈다. 타인의 시선으로 바라보자면 너저분하고 추레한 살림이었다. 군살이 덕지덕지 붙은 알몸을 쨍한 햇볕 아래 드러내는 기분이었다. 왜 이사를 나가게 되었느냐고 진에게 대놓고 물어보는 이도 몇 있었다. 진은 솔직하게 말했다.

그냥 그렇게 되었어요.

말꼬리를 흐리면 그들은 돈 문제로 추측하는지 더는 묻지 않았다. 그들의 계약만료일에 맞춰 입주하겠다는 사람과 새 계약이 수월하게 이루어졌다. 이제 그들은 두 달 안에 나가야만 했다. 새 집을 구해야만 했다. 여전히 부동산에서는 연락이 없었고, 진은 본격적으로 유원을 미워하기 시작했다. K시의 아파트 전세는 품귀현상이 심각했다. 대단지 중소형 평수의 경우는 로열층이 아니어도 몇 개월씩 대기하고 있다가 매물이 하나 났다 하면 집을 구경하지도 않고 계약금부터 입금하고 본다는 것이 금 실장의 전언이었다.

다른 동네도 다 이런가요?

다 비슷비슷할걸요. 그래도 여기가 좀 심하죠. 젊은 부부들이 워낙 많이 살잖아요. 근처 학교 평판도 괜찮고, 이마트 롯데마트 홈플러스 다 근방에 있고, 교통 편하고, 전철역 가깝고. 그래도 서울에 비하면 싸니까요.

진에게 그것은, 결국 여기를 벗어나 더 외곽으로 가야 할 거라는 예언으로 들렸다. 학교 평판도 나쁘고, 대형마트라곤 찾아볼 수 없고, 교통 불편하고, 전철도 없고, K시에 비해 싼 곳으로. 한참 만에 전세 매물이 하나 나타났다는 전화가 왔다. 그게 금 실장과의 첫 통화였다.

이 동네인 거죠?

진이 확인하자 금 실장은 한 아파트 브랜드의 이름을 댔다. 비교적 신축인 대규모 단지였다. 입주일도 그들과 얼추 맞았다. 놓칠까 봐, 진은 반차 휴가를 내고 달려갔다. 유원도 달려왔다. 남편의 낡은 옷을 주워 입었나 싶게 대책 없이 커다란 티셔츠를 몸에 걸친 젊은 여자가 문을 열어주었다. 얼굴에 핏기가 하나도 없었다. 마룻바닥에 넓게 요가 펼쳐져 있고 그 위에 갓 백일이나 지났을까 싶은 아기 둘이 손가락을 꼼지락거리며 누워 있었다. 싱크대에는 채 치우지 못한 플라스틱 반찬통이 그대로 남아 있었다. 뚜껑이 덮인 것은 뭔지 모르겠고 뚜껑이 열린 것은 시금치나물과 콩자반이었다. 밥풀이 붙은 그릇 하나와 수저 한 벌이 얌전히 놓인 개수대 앞에서 진은 슬며시 다른 데로 시선을 돌렸다. 평수는 지금 사는 집과 동일했으나 가구와 잡동사니 등속이 하도 널브러져 있어 그렇게 보이지 않았다.

그런데 이 집은 왜 나가는 거래요?

현관문을 나서자마자 유원이 금 실장에게 물었다.

아, 주인이 전세금 올리거나 반전세로 전환하자고 하니까 부담됐나 봐요. 애가 쌍둥이니 더하지 뭐. 친정인지 시댁인지에 들어간다더라고요.

그 여자의 태연한 설명을 듣다 보니 이것은 커다란 도미노 게임이며, 자신들은 멋모르고 중간에 끼어 서 있는 도미노 칩이 된 것 같았다. 종내는 모두 함께, 뒷사람의 어깨에 밀려 앞 사람의 어깨를 짚고 넘어질 것이다. 스르르 포개지며 쓰러질 것이다. 금 실장이 이 집의 정확한 가격을 말해주지 않은 사실이 떠올랐다.

그래서 이 집은 얼마인가요?

금 실장이 알려준 가격은 지금 살고 있는 아파트보다 정확히 5천만 원이 비쌌다. 역시 일정 부분은 반전세로 내도 상관없다고 했다. 그편이 더 좋다고도 했다. 진은 저도 모르게 유원의 팔꿈치를 꽉 잡았다. 야, 아파. 유원이 앓는 소리를 했다. 그러다 갑자기 무슨 특별한 생각이 난 듯 걸음을 멈추었다. 그런 순간을 인식의 대전환이라 부르는지도 모른다.

그럼 매매가는 얼맙니까?

금 실장이 알려준 바에 따르면, 그 아파트의 매매가와 전세
가는 5천만 원가량 차이가 났다.

이 동네 집값이 언제 그렇게 떨어졌어요?

아니죠, 집값은 뭐 고만고만한데. 전세가 워낙에 올라서.

진은 머릿속으로 세상에서 가장 어려운 산수를 계속하고 있
었다. 5천만 더하기 5천만. 그러니까 지금보다 1억을 더 지불
하면 집을 아예 사버릴 수 있는 것이다.

매매 쪽은 집들이 있나요?

아주 많지는 않지만.

금 실장이 눈동자를 빛내며 한 걸음 다가섰다.

정말 마음 있으시면 말씀하세요. 다른 데랑 공유 안 하고 저
희만 아는 좋은 물건들이 두어 채 있어요. 그중에 한 집은, 정
말, 아주, 기가 막혀요.

그 집이 바로 1703호였다.

토요일 오전, 그들은 일찌감치 시우를 서울의 또 다른 위성
도시에 사는 유원의 어머니에게 맡겼다. 유원의 부모는 지어
진 지 25년째인 낡은 빌라에 살았다. 유원이 초등학생 때부터
살아온, 붉은 벽돌로 단단하게 지은 작은 집이었다. 한때는 아
파트에 비해 가격이 오르지도 않고 그렇다고 쉽게 팔리지도

않는 애물단지였지만 얼마 전부터는 상황이 달라졌다. 대지지분이 높아서 재건축이 성사될 가능성이 높다고 했다. 재건축만 성사되면 분담금 한 푼 안 내고도 앉은자리에서 수억을 벌게 된다고 했다.

집 한 채 어떻게든 지키고 살았더니 나쁜 끝은 아니려나 보다는 시어머니의 이야기를 진은 적당히 흘려들어왔지만 유원은 그렇지 않았던 모양이다.

주민등록증 있어?

유원이 태연히 확인했다.

지갑에 있겠지. 왜?

오늘 도장 찍을 수도 있잖아. 네 도장은 내가 챙겼어.

진짜, 꼭, 해야겠어?

다른 방법이 없잖아.

상황을 이렇게 만든 게 누군데?

누군데? 나?

그럼 아니야?

그 새끼지.

누구?

집주인. 우리 집.

진은 맥이 탁 풀렸다.

돈은 있고?

백 퍼센트 현금 들고 집 사는 사람 없어. 은행 다니는 영철

이 알지? 주택담보대출 물어봤더니 알아서 잘 해주겠대. 전세
대출 금리랑 별 차이도 없더라.

꼭 그래야겠어?

진아, 지금 아니면 기회가 없을 것 같아. 내가 지난 5년간
실거래가 다 분석해봤거든. 이게 지금 말이 안 되는 가격이야.

앞으로 계속 떨어진다는 뜻이겠지.

아니야. 그 집만 그래. 지난달에 거래된 옆 동은 안 그랬어.
이런 게 진짜 급매야. 이건 거의 떨어진 돈 줍는 거나 마찬가
지라고.

돈이 왜 하필 우리 눈앞에 떨어져 있겠어? 어떤 멍청한 돈
이 그렇게 눈이 멀었게?

그러면 네가 원하는 건 뭔데? 다시 전세? 월세? 2년 뒤에
또 나가라면 어쩔 건데? 평생 짐 뺐다 넣었다 2년마다 반복하
며 살다 죽을 거야?

유원이 쏟아내는 물음표들이 진의 가슴 한복판에 내리꽂혔
다. 유원은 속력을 높였다. 차가 고속화도로를 120킬로미터로
달리는 내내 부부는 정적을 지켰다. 대화가 없어도, 음악이 없
어도, 라디오 소리가 없어도, 사랑이 없어도, 세상 모든 소리
와 빛이 사그라진 곳에서도 어색하지 않은 관계였다.

곧 K시로 진입하는 나들목이었다.

1703호의 집주인은 이미 부동산에 도착해 있었다. 저쪽에

서도 부부가 나왔다. 사십대 중반이 되었을 것 같은 연배였다. 부부 모두 얌전하고 소박한 인상이었고 심할 만큼 말수가 적었다. 금 실장이, 이렇게 함께 계시니 네 분의 인상이 닮았다며, 이것도 보통 인연은 아니라고 너스레를 떨었다. 아무도 웃지 않았다. 다른 직원이 이미 프린트해둔 계약서를 테이블 위에 놓았다.

매매계약서는 처음 보았다. 매매가와 매도자와 매수자의 이름을 적는 곳은 아직 빈칸이었다. 진은 퍼뜩 정신이 들었다. 어떻게 해야 할지 알 수가 없었다. 유원도 다를 바 없어 보였다. 그는 손가락으로 콧등을 문지르고 있었다. 그는 짜증스러울 때는 선하품을 했고, 성적으로 흥분했을 때는 다리 사이의 간격을 의식적으로 좁히고 뒤로 물러앉았으며, 어찌할 바를 모를 때는 손으로 코를 만지작거렸다.

여기 젊은 사장님, 사모님 오시기 전에, 우리 집주인 사장님, 사모님하고 이야기를 나누어봤는데요.

금 실장이 운을 뗐다.

만약 오늘 계약하시면 여기서 작은 거 석 장 빼주실 수 있다고 해요.

아, 왜…… 왜요?

날도 이렇게 좋은 주말인데 젊은 분들이 힘들게 나와주셔서요.

금 실장이 떠들 동안 집주인 부부는 고개를 내리깔고는 아무 얘기도 하지 않았다.

공동 명의로 하시는 거죠?

그, 그래야죠?

금 실장의 물음에 유원이 되물었다. 주민등록증 네 개와 도
장 네 개가 조르르 놓였다. 직원이 새로 매매가와 매수인, 매
도인의 이름이 프린트된 새 계약서를 뽑아 왔다. 진의 이름은
유원의 이름 아래 적혀 있었다. 이제 헤어지기라도 하려면 한
층 복잡해지겠다고, 진은 별안간 생각했다. 집을 산다는 것은
한 겹 더 질긴 끈으로 삶과 엮인다는 뜻이었다. 부동산은, 신
이든 정부든 절대 권력이 인간을 길들이기 위해 고안해낸 효
과적인 장치가 분명했다. 돌이킬 수 없는 트랙에 들어서버렸
다고 진은 실감했다. 결혼식장에 들어설 때보다 훨씬 더 선명
했다.

가계약금은 백만 원만 하겠습니다.

유원이 갑자기 호기로운 척 선언했다. 옆에 앉은 이 남자와
다리 하나씩을 묶고 절뚝이며 걸어가야 했다. 금 실장이 집주
인 사내 쪽을 쳐다보았다. 집주인 사내가 깊이 고개를 끄덕였
다. 그가 백지에다 계좌번호를 적어서 유원에게 내밀었다. 한
자 한 자 꾹꾹 눌러쓴 글씨였다. 스마트폰의 은행 앱으로 생전
처음 보는 사람의 계좌로 돈을 이체하는 남편의 곁을 진은 잠
자코 지켰다. 곧 어디선가 땅똥, 문자메시지 울리는 소리가 들
렸다. 집주인 사내가 자신의 전화기를 확인했다.

예, 잘 들어왔습니다.

남자가 천천히 말했다.

만 원짜리 지폐 한 장 없이, 허공에서 허공으로 이동하는 돈의 경로가 새삼 경이로웠다. 사흘 안에 계약금 10퍼센트를 같은 계좌로 입금하면 되고, 어차피 이쪽 젊은 사장님네가 지금 사는 집의 전세금을 받아야 계약이 될 테니 중도금 없이 잔금으로 바로 진행하는 것으로 하자고 금 실장이 요령 있게 교통정리 했다. 집주인 부부는 신분증과 도장을 챙기자마자 서둘러 일어섰다. 헤어지기 전에 집주인 여자가, 고맙습니다, 라고 했다. 쉰 목소리였다.

세만 줬던 집이라 깨끗지 못해요.

남자가 말했다.

나이 들면 저희가 들어가서 살려던 집인데……

남자의 말줄임표 속에 회한이나 주저, 서글픔 같은 감정이 혼재되어 있는 듯했다. 진은 얕게 전율했다.

저들은 왜 무엇을 빼앗기는 것처럼 보이는가!

새집에서 행복하시라는 말을 남기고 그들은 총총히 사라졌다. 빈 종이컵 두 개와 계약서 한 장, 간이로 적은 입금 영수증만이 탁자 위에 남겨졌다. 얼떨떨한 채 옆을 보니, 유원이 손바닥으로 계약서를 쓸어보고 있었다.

잘 살자.

부동산을 나서며 유원이 말했다.

그래. 그러자.

진이 대답했다.

이사 나갈 집을 찾았다고 알리자마자, 지금 사는 집주인이 전세금의 10퍼센트를 계좌로 보내왔다. 새집의 계약금을 치르도록 그렇게 하는 것이 일종의 관례라고 했다. 그래도 이별의 매너는 있다고 유원이 빈정거렸다. 맹렬하던 적의는 사라진 듯했다. 대출은 은행원인 유원의 친구를 통해 진행하기로 했다. 유원은 30년 분할 상환을 주장했지만 진은 현재 나이에 30을 더해보고는 20년 상환으로 바꾸자고 했다. 웬일인지 유원이 고분고분 그녀의 말을 따랐다. 이자에 매달 갚아야 할 원금까지 합치니 금액이 엄청났다. 진이 받는 기본급 3분의 2에 육박하는 액수였다. 외벌이로는 불가능했다. 영원히 불가능할 것이었다.

이삿날이 되기 전에 도배라도 해야 할 것 같아 금 실장에게 전화를 걸었다. 신호음이 울리는데 1703호의 굳게 닫혔던 문이 떠올랐다. 인테리어 업자와 방문할 테니 세입자에게 부탁해달라는 진의 말에 금 실장은 일단 알겠다고 했다.

그런데 사모님, 그 집이 워낙 바쁘셔가지고. 전달이 혹시 안 될 수도 있어요.

이상한 불안감이 등줄기를 스멀스멀 타고 올랐다.

세입자가 하루 전날 나가는 거 맞죠?

네, 틀림없이 나가신대요.

세입자는 어떤 분들인데요?

진은 처음으로 물었다. 수화기 너머로 예상 못 한 침묵이 짧게 이어졌다.

아, 착한 분들이에요. 걱정 마세요.

이사 전날의 일과는 보통 날과 다를 바 없었다. 못 일어나는 시우를 억지로 깨워, 계란프라이를 넣고 비빈 밥을 두어 숟가락 입에 쑤셔 넣는 동시에 옷을 입히고 양말을 신겼다. 아이의 손을 잡고 휘청휘청 언덕을 걸어 내려오면서 이것도 이제 마지막이라는 생각이 들었다. 아이를 어린이집에 무사히 데려다 주고 버스정류장에서 버스를 기다렸다. 어떤 충동이 그녀를 새집 방향 버스에 오르게 했을까. 회사에 가는 버스보다 그쪽이 먼저 도착했기 때문만은 아니었다. 아파트 동 입구 앞이 어수선했다. 주차장에는 사다리차 한 대와 덤프트럭 두 대가 서 있었다. 이삿짐센터 차량으로 보이지는 않았다. 사다리를 대고 있는 창문을 눈으로 어림해보니 17층인 듯했다. 사다리차로 내리는 것은 가구나 이삿짐이 아니라 쓰레기 더미였다. 진은 안으로 뛰어 들어갔다. 엘리베이터가 17층에서 내려올 생각을 하지 않았다. 그녀는 비상계단을 걸어 올랐다. 숨을 헐떡이며 17층에 도착할 때까지 엘리베이터는 그 층에 머물러 있었다. 활짝 열린 엘리베이터를 꽉 채운 것 역시 각종 쓰레기였다. 1703호의 문도 활짝 열려 있었다. 진은 주춤주춤 안으로 들어섰다. 처음 맡아보는 악취가 먼저 코를 찔렀다. 입구부터 쓰레기 더미가 쏟아질 듯 위태로이 쌓여 있었다. 신발을 벗을 수가 없었다. 어디가 신발장이고 어디가 신발 벗는 곳인지의 구분이 무의미했다. 채 치우지 못한 쓰레기들이 여러 개의 무덤을 이루고 있었다. 실내는 거대한 쓰레기장이었다. 사람이 살 수 있는 곳이 아니었다. 끝없이 쏟아져 내리는 쓰레기 더미를 진은 마냥 입을 벌리고 보았다.

군청색 제복을 입은 초로의 경비원이 뒤이어 들어섰다. 그가 황급히 코를 막는 것을 진은 어리둥절하게 지켜보았다. 이 집 친척이냐고 경비원이 물었다. 진은 저도 모르게 도리질을 했다.

저는, 저는 내일 이사 오는 사람이에요.

아.

경비원이 낮게 탄식했다.

왜 이런가요, 여기? 뭐가 잘못되었나요?

진은 경비원에게 매달리듯 물었다.

아, 모르고 들어오시나 보네.

경비원이 쩝 입맛을 다시더니, 목소리를 낮추었다.

저, 여기서 저번에 아주머니가 안 좋게 돌아가셔가지고.

네?

한 2년 됐나. 이 집 살던 아주머니가 목을 맸어요. 화장실에서. 그 뒤로 아저씨가 낮에는 꼼짝도 안 하고 밤에는 기어 나

가 온 동네 버릴 것을 한 짐씩 지고 들어온다더니…… 세상
에, 집이 이렇게……

　진은 필사적으로, 코 대신 귀를 막아야 한다고 생각했다. 그
때 쓰레기 더미 안쪽에서 한 남자가 걸어 나왔다. 넝마를 걸친
유령처럼 깡마른 남자였다. 진은 몸을 비켜 그가 지나갈 수 있
도록 길을 터주었다. 그가 목례를 했다. 동공이 텅 비어 있었
다. 사위가 고요했다. 달라질 것은 없었다. 오늘이 가고 내일
이 오면 은행은 대출액을 입금할 것이고 그들은 부동산 등기
를 마칠 것이다. 쓰레기 산은 깨끗이 사라질 것이고 그들은 여
기서 살아갈 것이다. 진은 숨을 꼭 참은 채 한 발을 마루 위로
올렸다.

안
나

여자······ 여자······ 여자······ 여자······ 여자······

길고 고요한 복도에 여러 명의 여자들이 그렇게, 10미터씩 간격을 둔 채 서 있었다. 빳빳한 연두색 앞치마를 목에 걸고서 서로의 뒤통수를 바라본 채 묵묵히 선 여자들. 그중에 아는 얼굴이 있을 줄은 몰랐다. 그것은 경이 상상할 수 있는 영역 너머의 일이었다.

*

경은 자신이 누군가의 인생에 대해 잘 안다고 자부할 만큼 오만한 사람은 아니라고 생각했다. 경은 주부였다. 박사 학위를 가지고 있고 지방대학 몇 군데에서 잠시 강의를 한 적도 있었지만 모두 옛일이었다. 결혼은 서른두 살 봄에 했다. 남편은 세 살 연상의 가정의학 전문의로 지금은 뷰티클리닉을 운영하고 있었다. 남편과의 첫 만남을 궁금해하는 이들에게 경은 춤을 추다 만났다고 말하기를 좋아했다. 그러면 상대방은 대부분 네? 하고 되묻거나 흥미로워하는 표정을 지었다. 그럴 때마다 경은 자신이 꽤 유니크한 인생을 살고 있다는 기분에 휩싸이고는 했다. 유니크하다는 게 무슨 의미냐 묻는다면 물론 쉽게 설명할 수는 없었다. 그렇지만 그건 독특하다는 한국어와는 분명히 다른 느낌이라고 말할 수 있었다. 사실 경과 경의 남편이 라틴댄스 동호회를 통해 만나게 된 것은 맞지만 춤을 추다 만난 것은 아니었다. 그들은 함께 춤을 춘 적도 없다. 경은 지금껏 남편이 춤추는 모습을 본 적 없었고, 경의 남편 역시 그럴 것이다. 서른한 살이 되었을 때 경은 사면초가의 국면에 빠져 있다고 느꼈다. 학위논문은 또 한 학기 미루어졌고, 사귀던 남자와는 헤어졌다. 도망치듯 동유럽 여행을 떠났지만 달라지는 것은 없었다. 풍경들은 아름다웠지만 또 그렇게까지 아름답지는 않았다. 창밖으로 흘러가는 다뉴브 강을 바라보면서도 경은 서른하나라는 숫자에 대해서만 골똘히 생각했다. 귀국해서 당분간 내가 누구인지 탐색하는 시간을 가지겠다고 선언하자 부모님은 화를 냈다. 그들은 그 말을 당분간 결혼하지 않겠다는 뜻으로 받아들였던 것 같다. 아버지는 지금처럼 미래에 대해 수수방관한다면 곧 경제적 지원을 끊겠다는 엄포를 놓았다. 경은 아랑곳하지 않았다.

심심풀이로 가입한 인터넷 라틴댄스 동호회의 게시판을 읽다가 매 주말 저녁 신사동의 살사 전문 클럽에서 댄스 강습회가 열린다는 것을 알게 되었다. 평소 자주 지나다니는 길목이었다. 딱히 약속이 없던 토요일 저녁 경은 충동적으로 클럽에 갔고 라틴댄스의 매력에 눈을 떴다. 아니, 경이 매료된 대상은 댄스가 아니라 댄스 동호회라고 해야 옳았다. 그곳은 아주 크지는 않은 규모의 동호회였고, 초보자를 기수별로 나누어 강습을 시켜주는 프로그램이 체계화되어 있었다. 회원 대부분은 그녀와 비슷한 연배였다. 그들은 지금껏 경이 알아온 친구들과 달랐다. 그들은 과도하지 않을 만큼 친절한 태도로 서로를 대했다. 처음 보는 사람들과도 금방 속을 터놓고, 도움과 농담과 우정을 주고받았다. 서로 아는 것이 이름과 나이뿐인 사람들과 말이다. 경이 자라온 세계에서, 그건 그 사람에 대해 아무것도 모른다는 것과 마찬가지였다. 경은 놀라웠고 그 놀라움은 이내 감동으로 이어졌다. 이름과 나이 정도만 오픈하면 더 이상 사생활을 공개할 필요가 없다는 점도 좋았다. 숨겨야 할 비밀스러운 사생활이 없다는 것과는 또 다른 문제였다.

경은 37기가 되어 본격적인 연습을 시작했다. 몇 개월 후에는 발표회가 예정되어 있었다. 37기의 여자와 남자는 각각 열다섯 명씩이었다. 그들은 매주 수요일과 토요일 늦은 밤까지 춤을 추었고 연습이 끝나면 더 늦은 밤까지 뒤풀이를 가졌다.

흠뻑 땀을 흘리고 나서 차가운 맥주 한 잔을 들이켜는 기분은 형용하기 힘들었다. 그 전에는 알지 못했던 세계의 문을 열고 한 발자국 들어선 느낌이었다. 육체의 해방감이란 이런 것인지 모른다고 경은 은밀히 생각했다. 어른이 된 후, 새로운 사람들과 일주일에 두 번씩 자발적으로 만나는 일이 흔한 건 아니었다. 경이 댄스 동호회 동기들에게 각별한 친밀감을 품게 되기까지 그리 오랜 시간이 걸리지 않았다.

동기인 열다섯 명의 남자들은 한결같이, 이십대의 그녀였다면 연애 상대로는 염두에 두지 않았을 타입이었다. 그들은 착하고 선량한 사람들이었으나 경하고는 맞지 않았다. 신고 다니는 구두 같은 부분에서 그랬다. 댄스슈즈를 벗고 갈아 신은 그들의 원래 구두는 너무 평범했고, 아니면 과하거나 투박했다. 좋은 친구로 지낼 수는 있어도 애인이 되는 것은 좀 다른 일이었다. 그렇지만 경은 변했고 그것은 평범하거나 과하거나 투박한 구두의 이면을 보려고 노력해야 한다는 의미였다. 열다섯 명 중에 객관적으로 가장 잘생기고 성격도 좋다는 평판을 듣는 남자의 이름은 대희였다. 대희는 '랜드로바'의 로퍼를 신었지만 옷을 맵시 있게 잘 입었고 사는 곳이 경의 집과 가까웠다. 나이가 어린 다른 남자들이 꼬박꼬박 누나라고 부르는 데 비해 대희는 경의 이름 뒤에 '씨'라는 의존명사를 붙여 불렀다. 이성으로 관심이 없는 여자에게라면 구태여 그럴 필요가 없을 것이다. 경은 대희에 대해 곰곰이 생각해보기 시작했다. 그가 할리우드의 유명한 배우를 닮았다는 다른 여자 동기들의 평가에 동의할 수는 없었으나 그의 어떤 점이 자신의 취향과 겹칠 수도 있을 것 같았다. 대회와 룸바를 추면서 만약 그가 구애를 해온다면 어떻게 할지 고민해보았다. 룸바는 파트너끼리 서로 마주 본 상태에서 한쪽 팔을 상대의 등에 얹고, 다른 팔을 옆으로 뻗어 손을 마주 잡는 자세로 시작한다. 여자가 발을 움직일 때 남자는 반대쪽 발을 움직이는 것이 동작의 기본이었다. 서로가 서로에게 거울이 되어주는 것이다. 그는 확고한 중심을 잡고 여자가 편히 움직이도록 한다는 면에서 매력적인 파트너였다. 경의 갈등이 깊어졌다. 평화롭게 굴러가던 모임이 이성관계로 뒤얽혀 맥없이 무너지곤 하는 경우를 얼마나 여러 번 목격해왔는가!

대회가 경에게 고백하는 일은 일어나지 않았다. 얼마 지나지 않아 대회가 여자 동기 열다섯 명 중 한 명에게 고백했다 퇴짜를 맞았다는 소문이 안개비처럼 퍼져갔다. 대회를 거절한 여자가 안나였다. 그러고 보니 대회가 멀찍이서 안나를 쳐다보는 눈길이 창백한 애련으로 가득한 것도 같았다. 안나. 조안나라는 이름은 잊어버리기 힘든 이름이다. 안나는 37기 중에 최연소자였다. 그때 안나의 나이는 스물두 살 아니면 스물세 살이었을 것이다. 처음으로 한 명씩 자기소개를 하던 날, 안나가 태어난 해를 말하자 좌중에서 오오 하는 감탄사가 터져 나왔던 것을 경은 기억했다. 그때 안나는 빙긋 짧게 한 번 웃어 보이곤 자리에 앉았다. 미소가 싱그러웠다. 경은 박수를 쳤지만 가슴 깊은 곳에서 무언가가 뒤틀렸다. 왜 그런 기분이 들었는지는 모를 일이다. 다만 박수를 받을 일이 나이뿐이라니, 왠지 안됐다는 생각이 들었던 것 같다. 객관적으로 안나는 아주 미인이라고는 할 수 없는 외모를 가졌다. 지나치게 깡말랐고 피부도 좋지 않았으며 머리칼도 푸석푸석했다. 그런 안나는 플로어에 섰을 때 다른 사람이 된 것처럼 단연 돋보였다. 보통 키였지만 팔다리가 유난히 길었고, 댄스 초보자라는 걸 믿기 힘들 정도로 유연하게 리듬을 탔다. 춤을 배우다 보면 그것이 얼마나 큰 축복인지 금세 알게 된다. 박자는 박자대로, 몸은 몸대로 흐른다. 흐르다가 풀렸다가 엉키고 다시 흐른다. 그 흐름에 자연스러운 척 올라타기 위해 보통 사람은 거푸 연습을 하는 것이다. 처음부터 잘 추는 사람은 없다고 첫 강습 시간에 강사도 말했었다.

물론 아주 드물지만 예외는 있어요. 타고난 사람. 타고난 건 아무도 못 이깁니다.

경은 그의 의견에 전적으로 동의하지 않을 수 없었다. 안나의 춤을 잠시라도 본 사람들이라면 누구나 그 말뜻을 이해할 것이다. 연습 초반에 안나는 지각이 잦았다. 연습이 한창 진행되고 있으면 조심스레 문이 열리고 네모난 천가방을 크로스로 둘러멘 안나가 살며시 들어서곤 했다. 일이 자꾸만 늦게 끝난다고 했다. 직장에 다닌다는 걸 그때 알았다. 학교에 다닐 나이 아닌가 싶었지만 경은 깊은 관심을 두지 않았다. 한 달쯤 지나자 안나는 갑자기 제시간에 맞춰 오기 시작했다.

요새는 회사가 일찍 끝나나 봐요.

화장실에서 아무 말 없이 앞뒤로 차례를 기다리기가 어색해서 물어보았다.

아 언니, 저 직장 옮겼어요.

안나가 시원시원하게 대꾸했다.

연습 안 늦으려고요.

경은 그것이 당연히 농담이라고 생각했다. 취미 생활 시간에 맞추려고 직장을 옮기는 사람이 세상에 어디 있단 말인가. 안나는 수요일의 뒤풀이에는 참석하지 않았다. 연습이 끝나자마자 번개처럼 후다닥 옷을 갈아입고서 곧바로 없어지곤 했다. 수요일 밤에는 일을 하러 가야 한다고 했다. 평일 밤 10시에 시작하는 일이 무엇일까 궁금했지만 내색은 하지 않았다. 토요일에는 뒤풀이에 오기도 했지만 딱 맥주 한 잔만을 마시고는 일찍 일어설 때가 대부분이었다. 태도는 늘 비슷했다. 다른 사람들의 이야기를 지긋이 경청했고 여간해서는 아무에게도 먼저 말을 붙이지 않았지만, 누가 묻는 말엔 소탈하고 시원시원하게 대답했다. 쓸데없이 웃음을 과장하지 않았고 괜스레 심드렁한 태도를 꾸며 좌중을 어둠침침하게 만들지도 않았다. 안나는 딱 안나만의 무게로 그 자리에 존재했다. 대회와 얽힌 소문 같은 것에는 전혀 신경 쓰지 않는 눈치였다. 아니, 그녀는 자신을 둘러싼 온갖 호의나 악의 따위에 좌지우지되지 않는 사람으로 보였다. 그러기에 안나는 너무도 바빴다. 아마도 그랬을 것이다. 그 시절의 안나는.

어느 비 내리던 토요일 밤, 늦게까지 이어진 맥줏집의 술자리에 어쩐 일인지 안나도 남아 있었다. 사람들이 어느 정도 취하고 분위기도 흐트러졌을 무렵 옆 테이블에서 대희의 낮은 음성이 들려왔다.

바쁜가 봐요, 아직도.

경은 귀를 곤두세웠다.

네, 먹고살려니까요.

안나는 언제나처럼 막힌 데가 없었다. 그러고 보니 그 테이블엔 안나와 대희뿐이었다. 대희는 평소보다 좀더 취한 것 같았다. 잠시의 침묵이 흘렀다.

……왜 자꾸 그런 식으로 말하니?

대희가 별안간 반말을 썼다. 안나가 가만히 시선을 내리까는 모습을 경은 곁눈으로 훔쳐보았다. 대희가 앉은 자세 그대로 엉덩이를 주춤주춤 움직여 안나 옆으로 다가갔다. 안나는 피하지 않고 그대로 있었다. 경은 자기도 모르게 숨을 참았다. 테이블 아래에서 대희의 손이 안나의 무릎을 잡았을까? 대희의 종아리와 안나의 종아리가 얽혔을까? 그들은 더 멀리로 갈 수 있을까? 어디까지? 말하자면 그 밤 경은 타인들의 조그마한, 아름다운, 불확실한 역사를 목격한 셈이었다. 본의는 아니

200

었다. 그럴 리가 있겠는가. 대희와 안나가 일어섰다. 각자의 겉옷을 팔에 끼고 그들은 조용히 함께 사라졌다. 그들이 나가고 난 뒤 술집 안은 바람 빠진 풍선처럼 어정쩡하게 쭈그러들었다.

안나와 대희가 본격적으로 교제를 했는지 어땠는지 경도 알 수가 없었다. 모임의 소식통으로 알려진 멤버들에게 지나가는 말처럼 물을 수도 있었지만 그러지 않았다. 대희는 그러고 얼마 뒤부터 모임에 나오지 않았다. 안나는 꼬박꼬박 출석했다. 긴 머리칼을 질끈 틀어 올리곤 땀을 뚝뚝 흘리며 열정적으로 춤추었고 연습이 끝나면 누구보다 씩씩하게 수고하셨습니다! 라고 외쳤다. 그리고 부리나케 옷을 갈아입고 일을 하러 갔다. 안나는 이제는 토요일의 뒤풀이에도 참석하지 않았다. 사람들이 여럿 모이면 어디나 뒷말이 많다. 선량하고 유쾌한 사람들의 모임이라고 해도 예외는 아니다. 안나가 밤마다 아르바이트하러 가는 곳이, 남자들을 상대하는 토킹 바이고 대희가 그 사실을 받아들이지 못해 괴로워했다는 이야기가 돌았다. 경은 반은 믿고 반은 믿지 않았다.

경에게도 곧 남자친구가 생겼다. 열다섯 명 동기들 중에 한 명을 따라 우연히 술자리에 합석하게 된 남자였다. 지금 경의 남편이 된 그 남자는 경을 보자마자 첫눈에 반했다며 열정적인 구애를 했다. 그가 완강히 반대하여 발표회 무대에 오르지 못한 일은 경의 마음 깊은 곳에서 두고두고 아쉬움으로 남아 있다. 그는 막 사랑에 빠진 자신의 여자친구가 일주일에 두 번이나 밤 시간을 취미 생활에 할애한다는 사실을 용납하지 못했다. 어떤 남자라도 마찬가지이리라는 것이 그의 주장이었다.

생각해봐. 더구나 블루스잖아.

경은 그의 오해에 기가 턱 막혔다.

아무튼 남자와 여자가 서로 손을 잡고, 그러니까, 일종의 스킨십이……

스킨십이라니. 그 사람은 그때 정말로 무엇을 상상했던 걸까. 시간이 오래 지난 뒤에도 남편의 얼토당토않은 오해를 떠올리면 경은 웃음이 터졌다.

화났다면 미안해. 사과할게. 하지만 제발 내 기분도 한번 생각해봐.

제발,이라는 부사가 그녀의 마음을 움직였다. 아주 작은 것에 흔들리는 것이 사람이니까. 경은 그의 말대로, 그의 기분이 어떨지를 생각해보기로 했다. 기분이 좋을 리 없겠다는 정도는 쉽게 알 수 있었다. 자신이 춤을 추러 가는 이틀 밤이라는 공백의 시간에 대해 다른 관점에서 바라보기로 했다. 그 두 번의 밤 동안 남자친구는 아무 할 일이 없을 테고, 외로울 테고, 괜스레 전화기를 만지작거리다가 옛 애인이 보낸 메시지를 발견하고 추억에 젖을 수도 있을 테고, 번호가 바뀌었는지 한번 눌러볼 수도 있을 터였다. 아니면 경과 처음 만난 날 그랬던 것처럼 낯선 술자리에 합석하여 또 다른 여자에게 첫눈에 반할지도 몰랐다. 상대의 불안감을 해소해주려고 노력하지 않는 사랑을 사랑이라고 할 수 있을까? 경은 그때껏 몇 번의 연애를 했고, 남자들의 속성에 대해 어느 만큼은 안다고 믿었다. 남자들은 의외로 별일 아닌 데 집착하고 그런 스스로에게 짜증과 환멸을 느끼는 순간 떠날 수 있는 존재들이었다. 대회와 안나의 결정이 그들의 몫인 것처럼, 경의 결정은 경의 몫이었다. 경은 더 이상 라틴댄스 동호회의 발표회 연습에 참석하지 않았다.

*

8년 만에 경과 안나가 조우한 장소는 한 영어유치원의 강당이었다. 그곳에 입학하기 위해 경과 아이는 1년의 준비 기간을 가졌다. 재미교포 과외 선생을 일주일에 세 번 초빙해 리딩과 라이팅 시험에 대비했다. 아이는 입학 테스트를 치르러 가기 며칠 전부터 콧물을 훌쩍였다. 말간 콧물 색이 누렇게 변했고 미열도 떨어지지 않았다. 경은 감기약을 먹이지 않기로 했다. 감기약의 항히스타민 성분이 뇌의 각성 작용을 방해해 졸음을 유발한다는 건 널리 알려진 사실이었다. 시험을 잘 끝낸 후 소아청소년과로 달려가도 늦지 않을 거였다. 서른한 살에서 서른아홉 살이 되는 동안 경은 가장 중요한 것이 무엇인지 좀더 신속히 알아채고 실행에 옮기는 사람이 되었다고 자각했다. 그러지 않으면 뒷감당을 해야 할 귀찮은 일들이 너무 많이 생기고 그건 온전히 자신의 몫이라는 사실을 알았기 때문이다. 원하던 영어유치원의 합격 통보를 받던 날, 경은 뛸 듯이 기뻤다. 즉시 남편에게 전화를 걸었으나 연결되지 않았다. 간호조무사가 원장님은 시술 중이라서 통화가 어렵다고 전해왔다. 남편의 클리닉에서 이즈음 가장 중점을 두는 것은 제모 레이저였다. 제모 레이저 시술이 정확히 어떤 과정을 거쳐 이루어지는지 경은 알지 못했다. 아마도 원하는 부위의 텁수룩한 털을 미리 정리한 다음 마취 크림을 바르고 레이저를 쏠 것이다. 모르는 여자의 축축한 겨드랑이를 치켜들고 거무죽죽한 털을 족집게로 한 가닥씩 뽑는 남편의 모습이 떠오를 때도 있지만, 그때마다 경은 황급히 상상을 멈추곤 했다.

우리나라에 영어유치원이라는 공식 명칭은 존재하지 않는다. 경의 아이가 다니게 된 유치원은 엄밀히 말해 영어학원의 유치부였다. 그곳의 유일한 언어는 영어였다. 이미 알고 있었지만 아이비리그 출신이라는 남자 원장은 학부모 오리엔테이션에서 그 사실을 또 한 번 강조했다. 모든 교사들은 물론이거니와 구내식당의 영양사와 안내데스크의 여직원, 원장의 비서도 원칙적으로 영어만을 사용한다고 했다. 아이들에게는 세 번까지 기회가 주어졌다. 교실이나 복도, 화장실, 체육관 등 원내 공간에서 한국어를 사용하다 눈에 띄는 아이에게는 먼저 경고 조치가 내려지고 두 번 거듭되면 여러 장의 반성문을 제

출해야 했다. 세번째는 퇴학이었다. 예외는 없다고 했다. 원장
은 퇴학 대신 아웃이라는 표현을 썼다. 실제로 재작년과 작년
에 각각 두 명씩의 아이들이 그런 이유로 아웃당했다고 덧붙
였다. 가슴이 아팠다고 했다. 원장은 영어로 빠르게 말했고 옆
에 선 부원장이 요약하여 한국어로 통역했다.

물론 아이들이 잘못을 저지른 것은 아닙니다. 다만 우리의
교육 방침과 어울리지 않을 뿐입니다.

경의 귀에는 영어는 물론, 한국어의 의미도 제대로 전달되
지 않았다. 더워도 너무 더웠기 때문이다. 난방이 가동되는
강당의 실내 온도는 30도는 되는 것 같았고 경은 하필 밍크
소재의 코트를 입고 있었다. 무릎까지 오는 그 은백색 털코트
는 결혼할 때 예물이라곤 하나도 받지 못한 딸을 위해 친정어
머니가 사준 것이었다. 새 유치원의 다른 자모들과 처음 대면
하는 자리였다. 겨울만큼 옷을 통해 계급이 노골적으로 드러
나는 계절은 없을 것이고 그 코트는 그녀의 옷장에서 가장 고
가라는 이유로 선택되었다. 유치원 강당 문을 열고 나서야 경
은 자신의 오판을 깨달았다. 그곳에는 모피를 걸치고 온 여자
들이 아무도 없었다. 경은 몸을 감싸고 있는 그 거대한 코트
가 이제는 명백히 구형이 되었음을 인정해야 했다. 어깨가 움
츠러들었다. 빈자리를 찾아 맨 앞 열의 가운데에 가까스로 끼
어 앉았다. 곧 행사가 시작되었다. 코트를 벗을 만한 타이밍
을 놓쳤고 경은 한 시간 동안 꼼짝없이 그대로 앉아 있어야만

했다.

오리엔테이션은 진지한 분위기에서 진행되었다. 각 교과목에 대한 설명이 하나씩 이어졌다. 필수 교재에 대한 설명도 뒤따랐다. 교수부장이 마이크를 잡고서 원아들이 졸업할 즈음에는 미국 초등학교 4, 5학년 수준의 아티클은 편안히 읽게 될 거라고 공언했다. 학부모들의 반응은 묵묵했는데, 교수부장이 제시한 목표가 너무 소박해서 보인 반응인 것 같기도 했다. 교사 소개 시간이 되었다. 교사들의 이름이 차례로 호명되었다. 먼저 원어민 담임들이 한 명씩 무대 앞으로 나왔다. 모두가 앵글로색슨이었다. 원어민 교사 전원이 북아메리카 출신이며 영어교육과 관련된 학사 학위를 가지고 있는 것이 그곳이 내세우는 자랑거리의 하나였다. 그들이 짧게 자기소개를 했다. 뒤를 이어 바이링구얼 교사라 불리는 정교사 부담임들이 하나하나 소개되었다. 서른 안팎의 젊은 여성들이었고 모두 재미교포였다. 그들도 영어로 인사를 했다. 그다음은 보조 교사들 차례였다. 유니폼인 듯한 흰 피케티셔츠를 맞춰 입고 연두색 에이프런을 두른 보조 교사들이 한꺼번에 무대에 올랐다. 열 명쯤 되었을까. 역시 다 젊은 여자들이었다. 원어민 교사와, 두 언어를 모두 사용하는 한국인 교사가 있는 시스템은 어느 영어유치원이나 엇비슷하다. 곳에 따라서는 아이들의 케어만 담당하는 보조 교사 체제를 함께 운용하기도 한다. 일반적으로 보조 교사는 아이를 통원버스에 태우고 화장실에 데려가고 손을 씻기고 식사를 돕는 역할을 담당한다.

저희는 다른 곳과는 다릅니다.

입학 상담을 받을 때 원장이 말했다.

교실 안에 수업 내용과 상관없는 불필요한 사람이 있을 때 아이들의 집중력이 흐트러질 수 있지요.

경은 얼결에 고개를 끄덕였다.

그래서 저희는 보조 교사들이 복도에서 대기하게 합니다.

하루 종일이냐고 묻자, 당연하다고 말했다. 보조 교사는 아이들에게 먼저 말을 걸지 않으니 안심해도 된다고 덧붙였는데 무엇을 안심하라는 것인지는 알 수가 없었다. 그날 상담을 마치고 나오다가 먼발치에서 보조 교사들을 보았다. 길고 조용한 복도에 그들은 점점이, 정물처럼 서 있었다. 두 손을 앞으로 모은 자세로, 어깨를 내려뜨리거나 채신머리없이 짝다리를 짚지도 않고, 지구의 중력에 기우뚱거리지도 않고서, 그렇게 말이다.

보조 교사들이 일렬로 줄을 서 천천히 무대 아래로 내려갔다. 그중에 앞에서 세번째 선 여자의 옆얼굴이 낯익었다. 경은 미간을 좁혔다. 머리칼을 짧게 자르고 화장이 좀더 짙어졌지만 그녀가 맞았다. 안나였다.

여느 영어유치원과 마찬가지로 그곳에서도 원아들을 모두 영어 이름으로 불렀다. 경은 아이의 이름을 제이미라고 정했다. 제이미의 반에는 모두 열두 명의 아이들이 있었고, 캐나다인인 담임과 재미교포인 부담임, 그리고 보조 교사인 한국인 안나가 배속되었다. 안나와 경은 입학식 날, 같은 반 학부모와 보조 교사로 정식으로 인사를 나누었다. 안나 역시 경을 알아보고 놀라는 눈치였다. 같은 반 엄마들이 둘러싸고 있었고 한국어를 사용할 수는 없었으니, 서로 알은체를 하지는 못했다. 어느새 교실 앞 게시판에 담임과 부담임의 이름과 아이들의 사진이 붙었다. 안나의 이름과 사진은 없었다. 아이의 사진 밑에는 제이미라는 이름이 적혀 있었다. 사진 속의 아이는 경직되어 보였다. 평소 아이는 낯선 환경에 적응력이 좋은 편은 아니었는데 경은 내심 그것을 예술적 감각을 타고난 특유의 예민함으로 이해하고 있었다. 시간이 지나면 나아지리라는 희망 섞인 바람과 달리 아이는 새 유치원에 쉽사리 마음을 열지 못했다. 징후는 함구증의 방식으로 나타났다. 아이의 알림장에는 지능이나 청력에 문제는 없으나 말을 하지 않음, 이라고 영어 필기체로 씌어져 있었다. 한국인 부담임은 전화로 너무 걱정하지 말고 조금 더 지켜보자고 말했다. 흔치는 않지만 이런 아이들이 간혹 있다고 했다. 흔치 않다는 말이 가슴에 박혔다. 그건 희귀하다는 뜻의 완곡한 표현이며 결국 매우 위험해질 수 있다는 신호였다. 집에서의 아이는 평상시와 크게 다를 바 없었다. 레고나 맥포머스 조립을 하면서 혼자 보내는 시간이 많았고 만화를 보면서는 간간이 웃기도 했다. 유치원 이야기를 물어보면 입을 꾹 다물었다.

경은 같은 반 엄마들의 브런치 모임에도 참석했다. 내키지는 않았지만 자신이 없는 곳에서 혹시 제이미가 도마에 오를까 봐 가야 했다. 짐작보다 낮은 수준에 맞추어 수업이 진행되어 불만이라는 이야기, 외부 예체능 강사들의 영어 실력이 수준 이하라는 이야기, 점심 급식 메뉴에 소시지나 햄 종류가 많은 것 같아 걱정이라는 이야기 등이 두서없이 오갔다. 남자아이들끼리 하키와 축구 팀을, 여자아이들끼리는 리듬체조 팀을 만들게 하자는 제안도 나왔다. 아이들 담임인 캐나다인은 작년부터 깐깐하기로 소문난 교사인데 실력은 있는 사람이라 다행이라고들 했고, 부담임은 다른 학원에서 옮겨온 지 얼마 안되어 검증되지 않은 사람이라 염려스럽다고들 했다. 안나에 대해서는 대체로 평이 나쁘지 않았다. 누군가 아이 외투의 단추를 하나씩 밀려서 잠가 보냈다고 불평한 것 말고는 그랬다. 다른 반 보조 교사에 비해 싹싹하고 몸이 가벼운 것 같더라, 점심시간에 밥을 참을성 있게 끝까지 떠먹여준다고 하더라, 화장실에서 대변을 뉘고 나면 꼭 전용 티슈로 깨끗이 닦이더라 등의 이야기가 나왔다. 안나는 여전히 성실하구나. 경은 생각했다.

입학 후 한 달이 되도록 제이미의 상태는 나아지지 않았다. 유치원에서는 여전히 단 한 마디의 언어도 입 밖으로 뱉지 않는다고 했다. 밤늦게까지 잠들지 않고 아침에 흔들어 깨워도 일어나지 않는 행동을 보일 뿐, 등원하지 않겠다는 직접적인 의사 표현은 하지 않았다. 아침 8시 반에 집 앞에 도착하는 통학버스를 자주 놓쳤다. 경은 아침마다 세수와 양치도 하지 못한 아이를 차 뒷자리에 태우고 유치원을 향해 질주해야 했다. 아이는 차 안에서도 말이 없었다. 잠들었나 싶어 룸미러로 살피면 눈을 뜬 채 창밖을 물끄러미 응시하고 있었다. 경의 근심은 점점 커져갔다. 아이의 증세에 대하여 아직 아무에게도 털어놓지 못했다. 남편은 모든 것을 경의 탓으로 돌릴 터였다. 친정 식구들이나 가까운 친구들 역시 몇 마디 무책임한 조언을 던질 수는 있겠지만 실질적인 도움은 되지 못하리라. 언젠가는 소아정신과나 아동심리상담센터를 찾아가게 될 수도 있다고 각오하고 있었지만 아직 너무 일렀다. 경은 결정적인 시간을 어떻게든 늦추고 싶었다.

유치원에서는 더 지켜보자는 말만을 되풀이했다. 담임이 매일 써 보내던 영어 메시지는 어느 순간 끊겼다. 경은 그의 고충을 이해했다. 딱히 적을 말이 없어서일 것이다. 부담임은 사흘에 한 번꼴로 전화를 걸어 제이미의 상태를 보고했다. 할 말이 없기는 그쪽도 마찬가지였다. 한번은 전화를 끊기 전에, 수업 중에 한국어를 사용하다 경고를 받은 아이가 이 반에만 벌써 세 명이나 된다고 알려주었다. 아이들의 이름까지는 말하지 않았는데 만약 경이 묻는다면 알려줄 것 같았다. 그중 한 아이는 두번째 경고를 받았다고도 했다. 경은 그녀의 음성에서 너희 아들은 그렇지 않으니 차라리 다행으로 여기라는 뉘앙스를 감지했다. 전화를 끊고 나서 경은 만약 선생이 또 한 번 그런다면, 교사가 다른 아이의 사적 정보를 누설하고 우리 아이를 조롱했다는 내용의 항의 메일을 써서 원장에게 보내리라 다짐했다.

어느 날, 아이를 데려다주러 유치원에 들어서니 현관 앞의 안내데스크가 비어 있었다. 경은 아이의 손을 잡고 엘리베이터를 탔다. 이미 수업이 한창 진행 중인 시간이었다. 적막한 복도에, 보조 교사들이 하나, 둘, 셋, 넷, 꼿꼿하게 직립해 있었다. 비슷한 체구에 똑같은 옷을 입은 그 여자들 중 누가 안나인지 얼른 구별하기 어려웠다. 안나가 먼저 아이를 발견했다. 안나가 아이를 향해 활짝 웃었다. 안나는 구김이 없었다. 아이가 경의 손을 놓고 선뜻 안나 손을 붙잡았다. 안나는 경을 향해 가만히 목례했다. 경도 안나에게 인사했다. 안나가 교실 문을 열었다. 아이가 안나를 따라 순순히 안으로 들어갔다.

보조 교사의 개인 연락처를 알기는 힘들었다. 유치원에 물어보면 이상하게 여길 것이다. 경은 궁리 끝에 오래전의 메일함을 뒤져보기로 했다. 라틴댄스 동호회 37기의 비상연락망이 담긴 텍스트 파일을 찾아냈다. 눈에 익기도 하고 가물가물하기도 한 여러 이름들이 일렬로 정리되어 있었다. 조안나. 그녀의 번호도 있었다. 혹시나 싶어 번호를 누르자 신호음이 울렸다. 곧이어 안나가 전화를 받았다. 뭐라고 해야 할지 알 수 없었으므로 경은 자신을 제이미 엄마, 라고 밝혔다.

어머 언니! 안녕하세요.

그 시절에도 안나가 자기더러 언니라고 불렀던가. 경은 기억이 나지 않았다. 분명한 건 그녀와 자신이 단둘만의 시간을 보낸 적은 없다는 것뿐이었다. 당혹스럽지 않은 것은 아니었으나 언니라는 호칭이 거슬리지 않았다. 어머님, 보다야 한결 나았다. 한번 밖에서 만나고 싶다는 경의 제안에 안나는 당혹스러워했다. 자신도 그러고 싶지만 교사가 학부모와 사적으로 접촉하는 일은 원칙적으로 불가능하다고 했다.

담임이나 부담임 선생님들은 계약서상으로 금지되어 있대요. 따로 개인 과외를 원하는 부모님들이 있어서요. 그런데 저희는, 잘 모르겠어요. 계약서를 안 써서.

혹시 안나는 돌려서 거절하고 싶은 걸까? 자신이 안나를 부담스럽게 만들고 있는 걸까? 그럴지도 몰랐다. 경은 서둘러, 다른 목적은 아니라고 말했다. 이렇게 다시 만난 게 신기한 인연이니 커피나 한잔하려 한다고도 했다.

그리고 한 가지가 더 있어요. 솔직히 말하자면요, 제이미 때문에.

경은 흐려지는 말끝을 다잡았다.

상황을 아시잖아요? 나는, 너무 걱정이 되어서. 이대로 있다가는 내가 먼저 미쳐버릴 것 같아서.

경은 절박하게 말을 이었다.

제이미에 대해 이야기하고 싶어요. 터놓고 이야기할 사람이, 없어요.

경은 자신이 과도하게 정직했나, 염려했다. 안나는 아주 잠시 침묵했다. 경은 전화기를 귀에 바짝 가져다 댔다. 전화기 저쪽에서 어렴풋한 한숨 소리가 들려온 듯도 했다. 안나는 이내 가능한 시간을 말했다. 예전 그대로 시원시원한 음성이었다.

유치원에서 멀리 떨어진 찻집에서 안나는 꼿꼿이 허리를 펴고 앉아 경을 기다렸다. 경은 그녀에게 예전과 똑같다고 말했다. 언뜻 보면 그런데, 조금만 자세히 보면 그렇지 않았다. 그동안 안나는 더 마른 것 같았고 눈언저리는 거무스름하게 변했다. 안나가 미소 지을 때 이제 빙긋,이라는 표현이 어울리지 않았다. 안나에게 있다가 없어진 것이 생기라고 부르는 것임을 경은 알아챘다. 어림으로 헤아려보니 안나는 서른을 갓넘긴 나이였다. 생의 무엇이 그녀를 이토록 서둘러 지치게 했는지, 경은 깊게 생각하지 않기로 했다. 먼저 그들은 8년 전의 이야기를 했다. 안나는 그때의 동호회 사람들과 연락이 닿지 않는다고 했다. 경 역시 마찬가지였다. 공연 무대에 오르지 못해 아쉬웠다고, 공연을 보러 가고 싶었는데 왠지 미안해서 그러지 못했다고 경이 말하자 안나의 얼굴이 흐려졌다. 안나는 찻잔을 양손으로 감싸 쥐었다.

그때 언니가 갑자기 안 나오셔서 궁금했었어요. 혹시 무슨 일 있었나 해서.

아니에요. 남자친구가 늦게까지 연습하는 걸 안 좋아해서.

경은 어쩐지 변명하는 것처럼 들린다고 생각했다. 그렇군요,라고 하고서 안나는 화제를 돌렸다.

제이미는 집에서는 어떤가요?

말은, 해요. 집에서는.

아 그렇군요. 다행이에요.

말을 못하는 애가 아니에요, 걔는. 두 돌이 되기 전부터 말을 했는걸요. 영재 판별검사에서 상위 0.1퍼센트가 나왔고요.

경의 음성이 높아졌다.

그럼요, 그럼요. 그런 뜻이 아니었어요.

안나가 경을 달랬다.

제이미가 지금 힘든 시간을 지나고 있을 뿐이라는 걸 알아요. 어제 미술 수업 끝나고 제이미 혼자 미술실에서 나오지 않기에 뭘 하나 들어가보니 칠판에 그려진 물고기들 주위에 하나하나 동그라미를 그려 넣고 있었어요. 어항을 만들어주고 있었다는 걸 전 알아요.

안나의 진심 어린 목소리가 카페에 울려 퍼졌다. 경의 눈에서 눈물이 흘렀다. 안나가 그녀 쪽으로 냅킨을 밀어주었다. 그들은 뻗으면 손이 닿는 거리에 앉아서 잠자코 각자 몫의 차를 들이켰다. 얼마간 시간이 흐르자 경은 안나와의 간격이 갑자기 가까워졌다고 느꼈다. 그날 안나가 경보다 더 많은 이야기를 했다. 안나는 몇 달 전까지만 해도 자신이 유치원에서 근무하게 될 줄은 몰랐다고 털어놓았다.

유치원은 꼭 자격증이 있어야 되는 줄 알았어요. 2급 보육 교사 자격증이나, 그런 거요.

그런데 어쩌다 일하게 된 거예요?

음, 언니니까 솔직히 말씀드릴게요. 구인광고를 보고 그냥 온 거예요. 몇 년 전에 키즈카페에서 알바한 적이 있거든요. 그게 경력으로 인정받았나 봐요. 그다음엔 워킹홀리데이로 호주에 다녀왔는데 영어는 그때 조금 배웠고요.

안나는 자분자분 말을 이어나갔다.

그땐 워낙 일을 잡는 게 급해서 지원했던 건데 설마 출근하라고 할 줄은 몰랐어요. 나중에 들으니까 이쪽 계통 일이 들고나는 사람들도 많고 충원도 엄청 빠르고 그렇다더라고요.

그래요? 나는 몰랐어요.

아 언니, 어디 가서 말씀하시면 안 돼요.

안나가 시원하게 웃었다. 씩씩한 웃음이었다. 사람을 믿는 웃음이었다. 오래전, 그녀가 갖고 있던 표정이 다시 배어나오는 것 같았다. 경은 집에 오는 길에 스마트폰으로, 아이의 유치원 이름과 보조 교사 모집이라는 문구를 함께 넣어 검색해보았다. 구인구직 사이트의 웹 페이지가 떴다. 주 5일 근무, 시급 7천 원, 4대 보험 불가. 안나에게서 문자메시지가 왔다. 언니 감사합니다. 맛있는 밥도 사주시고 제 얘기도 들어주시고. 또 뵈어요. 사람에게는 사람이 필요하다. 원망하기 위해서, 욕망하기 위해서, 털어놓기 위해서.

　그 뒤 경과 안나는 몇 번 더 만났다. 안나와 만나기로 약속을 하면 경은 마음이 편해졌다. 어떤 의미에서 그들의 관계는 공평했다. 경은 제이미의 이야기를 하고, 안나는 안나의 이야기를 했다. 밥과 차는 매번 경이 샀다. 그녀 쪽이 나이가 많고 명색이 학부모였으므로 자연스러운 일이었다. 안나와 만날 때면 경은 어울리는 옷과 가방을 매치하기 위해 거울 앞에서 한참 시간을 보내지 않아도 되었고 자신이 가자고 제안한 식당이 유행에 뒤처지는 곳이거나 맛이 없는 곳이라 상대가 실망할까 봐 마음 쓰지 않아도 되었다. 안나는 공간이나 음식에 대한 호오를 드러내지 않는 사람이었다. 몇 번이나 테이블 벨을 눌러도 본체만체하는 카페 직원이나, 조미료로 뒤범벅된 파스타 소스 앞에서도 언제나 괜찮다고 했다. 안나의 어록을 만든다면 1위는 단연 괜찮아요, 일 터였다. 할머니가 아프셨을 때에 대한 얘기를 들려줄 때도 괜찮다는 표현을 썼다. 안나는 할머니 손에서 자랐다. 할머니는 8년 전, 라틴댄스 동호회의 발표회가 끝나자마자 쓰러지셨다고 했다.

　발표회 무대에는 꼭 서고 싶어서 열심히 연습했던 건데……
그래도 꿈을 이뤘으니, 괜찮아요.

　스물세 살, 안나는 하던 일을 다 그만두고 간병에만 전념했다. 당시 그 동호회의 모두가 들어 알고 있었으나 누구도 차마 안나한테 직접 확인하지는 못했을 그 소문, 그녀의 아르바이트에 대한 소문이 떠올랐다. 그건 진짜였을까, 아니었을까. 할머니가 말기암 판정을 받고 돌아가시기까지 10개월이 걸렸다. 장례를 치르고 병원비를 정산하고 나자 안나의 통장엔 마이너스 5백만 원이 찍혀 있었다.

그래도 원래 5백은 있었는데, 보증금 천짜리 월세를 구하는 바람에요.

할머니랑 같이 살던 집이 있었을 거 아니에요?

경의 물음에 안나는 아무렇지 않다는 표정으로, 선선하게 대답했다.

아, 그 집은 정리했어요. 전세는 어차피 삼촌들 명의로 되어 있어서, 뭐.

그래도 그러는 게 아니지요. 한번 그러면 계속 손해만 보며 살게 돼요.

경은 정색을 하며 말했다.

전 괜찮아요, 언니. 어차피 다 지나간 일인걸요.

그러니까 그해는 경이 결혼을 하던 해였다. 같은 해에 안나는 할머니를 떠나보냈고 보증금 천만 원에 월세 50만 원짜리 원룸으로 이사를 했다. 그러곤 인력파견 업체를 통해 한 대형 백화점의 주차 안내원으로 취직했다. 그 아르바이트는 두 달 만에 그만두었다고 했다.

옥외 주차장에 근무했거든요. 웬만하면 더 하려고 했는데 꽃가루 알레르기가 심해져서, 병원비가 더 들겠더라고요. 그해 봄에 유난히 꽃가루가 심하게 날려가지고. 몇십 년 만에 처음이라고 하더라고요. 제가 원래 그런 쪽으로 재수가 좀, 잘, 없어요.

안나의 선량한 눈매와 묘하게 대비되는 무덤덤한 말투는 듣는 상대로 하여금 힘든 상황을 유머러스하게 받아들이도록 하는 효과를 발휘했다. 경은 입술로는, 어머 어떡해요, 라고 했지만 무겁지만은 않은 기분으로 안나가 이어 들려줄 이야기를 기다렸다. 그녀가 들려주는 지난날들을 듣고 있으면 때로는 좌충우돌 청춘 에피소드를 그린 웹툰을 보는 것 같았고 그보다 더 자주 시사주간지 사회면의 르포르타주를 읽는 기분이 들었다. 안나의 이야기들은 지독히도 현실적이었고 그래서 경에게는 도리어 비현실적으로 느껴졌다. 덕분에 경은 자신의 현실을 잠시 잊을 수 있었다. 열아홉 살 이후 안나는 열 개가 넘는 직업들을 거쳤고, 열 번이 넘는 이사를 했다. 남자를 사귄 건 한 번뿐이었다.

설마, 나도 아는 사람?

안나가 쑥스럽게 고개를 끄덕였다.

그럼 그동안 계속 만났다는 말이에요?

네.

세상에, 아직도?

이번엔 고개를 저었다.

헤어졌어요. 작년에.

대희와 안나가 최근까지 사귀어왔다는 사실이 경에게는 이상하리만치 멍한 충격이었다.

힘들었겠네요.

네, 그랬죠. 한때는 발밑이 푹 꺼지는 것 같았는데, 이젠 괜찮아요.

경은 늦었지만 안나의 실연을 위로하기 위해 맥주를 사겠다고 제안했다. 그들은 수제 에일 맥주를 마셨고 안나는 자기 인생에서 가장 맛있는 맥주라며 오래 감탄했다.

4월도 중반이었다. 경은 백화점에서 제이미의 봄옷을 잔뜩 샀다. 어떤 화사한 색깔의 옷을 입고 등원해도 아이는 유치원에서 입을 열지 않을 것이다. 어느새 그 사실에 수긍하는 자신을 발견했다. 아이는 말문을 닫은 것 외에는 멀쩡했다. 유치원에서 그림도 그리고 도자기도 만들었다. 상태가 좋아지는 것인지 나빠지는 것인지 알 수 없었다. 안나는 경에게 자신이 더욱 신경 써서 제이미를 보살피겠노라 약속했다. 경이 특별한 부탁을 한 것은 아니었다. 안나는 제이미의 고통을 이해한다고 했다. 안나가 고통이라고 발음하자 왜인지 경은 흠칫 놀랐다. 경은 고맙지만 괜찮다고 말했다. 말하고 보니, 안나의 십팔번을 따라한 것 같았다.

아니에요. 고통은 울퉁불퉁한 자갈길에서 맨발로 혼자 버둥거리는 것과 비슷해서, 누가 손을 내밀면 조금 덜 어렵게 빠져

나올 수 있어요.

경은 다시 지금도 괜찮으며 안나의 마음은 고맙게 받겠다고
했다.

언니 얼굴 좀 펴세요. 이 시간도 다 지나갈 거예요.

안나가 경을 위로했다. 경은 안나가 자신을 가여워하고 있
음을 느꼈다. 혹시 우리, 제이미와 자신에게 우울의 그림자가
짙게 드리워져 있는 것일까? 안나 같은 이에게도 곧바로 들킬
정도로? 생소한 불안감이 엄습했다. 어느 날, 아마도 지난달의
카드 대금 청구서를 놓고 남편과 서로의 가슴에 칼끝을 겨누
듯 언쟁을 벌이고 난 다음 날, 안나를 만났다. 경은 별 뜻 없이
투덜거렸다.

안나 씨는 결혼 같은 거 하지 말아요.

네?

안나가 눈을 둥그렇게 떴다. 경은 내키는 대로 떠들기를 계
속했다.

영원히 자유롭게 살아요. 얼마나 편해요. 책임져야 할 것도
없고 뭐든 새로 시작할 수 있고.

모르겠어요. 솔직히, 이제 저는 나이도 너무 많고.

안나가 그녀답지 않게 말끝을 흐렸다. 나이가 너무 많다는
안나의 탄식은 사실에 기초한 것이 아니었다. 경은 그녀의 오
류를 바로잡고 자조 섞인 문장을 얼마든지 수정해줄 수 있었
다. 그렇지만 그러지 않았다. 누구에게나 평소보다 조금 더 짙

은 위악을 떨고 싶은 순간이 있기 마련이었다.

안나 씨 눈에는 내가 어때 보여요?

경의 갑작스러운 질문에 안나는 한동안 머뭇거렸다.

음, 좋아 보여요.

좋아 보인다?

네, 대체로 그래요.

그리고 안나는 무엇인가를 골똘히 생각하는 듯했다.

간절할 필요가 없으니까요.

하하. 내가 정말? 말도 안 돼. .

경은 과장되게 웃었다.

내가 되어보지 않고는 아무도 몰라. 어때요? 우리 한번 바
꿔 살아볼래요?

언니도 참.

안나의 뺨이 살짝 일그러졌고, 경은 선뜩한 느낌이 들었다.
다음 날부터 경은 아이가 새로 옮길 유치원을 본격적으로 알
아보기 시작했다. 영어는 포기할 수 없었으므로, 수업 시간에
만 영어를 사용하고 그 외의 시간에는 한국어를 써도 페널티
가 없는 곳들 위주로 알아보았다. 상담을 할 때에는 자격증을
가진 보조 교사를 채용하고 있는지 여부를 반드시 확인했다.
안나는 하루 한두 차례씩 제이미의 생활을 알려주는 문자메시
지를 보내왔다.

제이미가 감자를 좋아하나 봐요. 오후 간식으로 나온 으깬

감자샐러드를 한 그릇 다 먹어서 제가 듬뿍 더 가져다주었어요. 담임 샘이 베리 굿? 하고 물어보니 고개를 끄덕였어요! 기특하죠? ^^

고개를 끄덕인 아이가 기특하다면, '예스, 땡큐'라고 대답했을 다른 아이들은 위대하다. 위대한 아이들 틈에서 기특한 아이는 우스꽝스러울 뿐이다. 그러나 경은 너무 늦지 않게, 고맙습니다,라는 답장을 보냈다. 웃고 있는 이모티콘이나 하트도 잊지 않고 붙였다. 아이가 옮길 유치원을 결정했다. 혹여 불이익을 당할 수도 있으니 다니고 있는 유치원에는 최대한 늦게 말하는 게 좋을 거라는 그쪽 원장의 충고를 따르기로 했다.

저녁나절부터 아이가 좀 아팠다. 구역질을 몇 차례 하고 묽은 설사도 한 번 했다. 학부모들의 그룹 채팅방이 들썩였다. 한 반 아이들 중 절반이 비슷한 증상을 보이고 있다고 했다. 누구는 벌써 설사를 네댓 번 했고 또 누구는 위액까지 토했고 또 누구는 온몸에 오돌토돌한 뾰루지가 돋았다고 했다. 단체 식중독의 전형적 증세와 유사했다.

혹시나 해서요, 아이 가방에서 이런 게 나왔는데.

어떤 학부모가 사진을 올렸다. 사진 속에 있는 것은 보통의 요구르트병이었다. 이어진 사진은 병뚜껑의 유통기간을 확대해 촬영한 것이었다. 이틀 전 날짜가 인쇄되어 있었다.

보조 교사가 한 개씩 나눠줬는데 저희 애는 그냥 들고 왔다고 해요. 아무거나 먹지 말라고 평소에 교육을 많이 시켜와서.

다들 대꾸가 없었다. 경 역시 그랬다. 아이에게 그런 것을 먹도록 장려하는 부모가 어디 있겠는가. 다른 학부모가 침묵을 깨고 말했다.

저희도 평소에 못 먹게 하는데 선생님이 주시니까 거절하지 못했나 봐요.

유통기한 경과된 요구르트가 사태의 주범이라는 데에 이론의 여지가 없어 보였다. 경은, 아까 나온 보조 교사,라는 단어를 곱씹고 있었다. 채팅창에서는 관련된 여러 이야기들이 오갔다. 월초에 지급 받은 식단표에 요구르트는 나와 있지 않았다는 것, 처음에 입학 상담할 때 외부 음식은 절대로 반입하지 않는다고 했다는 것.

지금 다시 물어보니까 그동안 보조 교사가 가끔 그런 것들을 나누어줬대요. 슈퍼마켓에서 파는 과자나 젤리 같은 것들을요.

어머 저는 전혀 몰랐어요.

자비로요? 왜요?

글쎄요.

대화에 낄 타이밍을 찾지 못한 경은 아이 쪽을 흘낏 바라보았다. 아이는 소파에 비스듬히 누운 채 디즈니 채널의 만화 속에 푹 빠져 있었다. 대화의 화제는 유치원의 위생 상태로 확대되었다.

보조 교사들이 원내에서 입는 티셔츠, 가끔 빨기는 하는 거
겠죠?

앞치마는 또 얼마나 지저분한데요. 전반적으로 원내 위생
관리가 안 되고 있어요.

식중독이라면 그냥 넘어가서는 안 된다는 데에 의견이 모아
지고 있었다. 내일 아침에는 아이들 대신 엄마들이 유치원에
모이기로 결정되었다.

경은 다음 날 약속시간인 9시보다 10여 분 늦게 원장실 앞
에 도착했다. 변호사 출신이지만 지금은 육아를 위해 일을 하
지 않고 있다는 여자가 원장에게 조목조목 따지는 중이었다.

유기농 식품만 제공한다고 여러 차례 말씀하지 않으셨나요?

원장은 유감이라는 표현을 사용했다.

공식적으로는 당연히 유기농만 사용하고 있습니다. 어머님
들이 지금 당장 주방에 내려가 확인하셔도 아무 문제가 없습
니다.

유통기한도 철저히 엄수하고 있다고 했다. 다만 보조 교사
가 개인적으로 반입한 음식물이라 미처 확인하지 못했으며,
관리 감독이 부족하다는 점에서는 책임을 통감한다고 했다.
다른 여자가 나섰다.

아니 그렇다면 더 이해하기 어렵네요. 보조 교사가 왜 구태
여 사비를 들여 유통기한 지난 음식을 아이들에게 먹인 거죠?

어떤 의도로?

갑자기 한 점의 의혹이 경을 강타했다. 안나에게 어떤 의도도 없었다고 누가 증명할 수 있을까? 안나 자신은? 여기 있는 누구도 아직 그 구체적인 가능성을 염두에 두지 않고 있다는 사실이 경을 더 불안하게 했다. 원장과 부원장이 여자들을 이끌고 복도로 나갔다. 긴 복도에는 연두색 에이프런을 두른 보조 교사들이 일렬로 서 있었다. 복도 맨 끝이 안나의 자리였다. 안나의 앞치마에는 크고 작은 얼룩들이 뭉개져 있었다. 다른 보조 교사들의 앞치마도 비슷비슷하게 더러웠다. 원장이 안나 앞에서 걸음을 멈추었다. 안나가 일행을 향해 인사했다. 경은 맨 뒤에 서 있어서 다행이라고 생각했다.

아이들에게 어제 무엇을 먹였느냐고 부원장이 낮은 목소리로 물었다. 경은 무리 밖으로 슬며시 두어 걸음 물러섰다. 안나의 볼이 벌겋게 달아올랐다. 안나가 그렇게 당황하는 모습은 본 적이 없었다. 죄송하다고, 죄송하다고, 고개를 숙였다. 그것이 경이 본 안나의 마지막 모습이었다.

아이들의 단체 장염은 이틀 만에 완쾌되었다. 모든 아이들이 유치원에 등원했을 때 아이 반의 보조 교사가 새 얼굴로 바뀌어 있었다. 새로 온 보조 교사는 안나보다 한참 어리고 더 통통한 체구의 아가씨였다. 안나가 입던 티셔츠를 세탁해 그대로 입었는지 옷이 꽉 끼었다. 경의 아이는 곧 유치원을 옮겼다. 원장이 이미 납부한 한 학기의 원비는 반환해줄 수 없다고

하여 작은 실랑이가 벌어졌다. 경은, 굳이 밝히고 싶진 않지만 아이 아빠의 절친한 친구 중에 공중파 방송국 보도본부의 간부가 있으며, 자신의 사촌 중에는 대형 로펌의 변호사가 있다고 나지막이 말했다. 원장은 나머지 원비를 환불해주면서 원칙과 규정에 예외를 두어,라는 표현을 반복했다.

안나에게서는 연락이 오지 않았다. 한 번쯤은 아이의 안부를 물어올 만하다고 생각했지만 안나는 그러지 않았다. 실수였을 뿐이라고, 상한 요구르트를 아이들에게 일부러 먹일 까닭이 어디 있겠느냐는 변명 같은 것도 하지 않았다. 만약 안나에게서 연락이 왔다면 경은 괜찮다고 말할 준비가 되어 있었다. 그렇지만 유통기한을 준수하는 것은 몹시 중요한 생활습관이니 잊지 말라고, 또한 다음번 직장은 꼭 4대 보험이 되는 곳으로 구하라고 조언했을 것이다.

새 유치원에 가면서 아이의 영어 이름을 알렉스라고 바꾸었다. 남편은 새 유치원 원비가 전 유치원에 비해 한 달에 30만 원 이상 저렴하다는 것을 반가워했다. 제이미가 아닌 알렉스는 상대적으로 적응을 잘했다. 수업 중에는 여전히 입을 떼지 않았지만 쉬는 시간에 한국어로 묻는 말에는 곧잘 대답을 한다고 했다. 그만하면 성공적인 안착이었다. 그것만으로도 경은 신에게 감사했다. 실패를 통해 성장한다는 말에 매달리지 않는다면 어떻게 살아갈 것인가.

몇 계절이 흐른 어느 밤, 아이와 나란히 침대에 누워 있는데 아이가 불쑥 말했다.

엄마, 애나는 어디 있어요?

응?

애나가 나를 지켜줬어요.

누구?

애나. 엄마, 애나 말이에요.

그렇구나. 애나, 안나.

안나가 영어로 애나라는 사실을 처음 깨달았다는 듯이 경은 의미심장하게 중얼거렸다. 안나 혹은 애나, 애나 혹은 안나. 이제 그녀는 경의 인생에서 완전히 사라진 것처럼 보였다. 누군가에게 고마운 마음을 가지는 것은 참 좋은 일이라고 말하면서 경은 아이의 얼굴을 쓰다듬었다. 벽에 붙은 하트 모양의 수면등을 끄자 세상이 꽉 닫힌 어둠에 잠겼다.

공허와 함께 안에서 밀고 가기

백지은
(문학평론가)

아아 謀利輩여 謀利輩여
나의 化身이여
—— 김수영, 「모리배」에서

내가 있는 풍경

가장 쉽게, 빨리 여행을 떠나는 방법은? 옆에 있는 소설책을 집어 들고 펼치는 거다. 밥을 먹다, 청소를 하다, 출퇴근길에도, 잠자리에 들어서도, 언제 어디서나 바로 지금 내가 놓여 있는 이곳의 풍경을 지우고 다른 시공간으로 들어가는 길, 얼핏 보면 여느 날의 평온한 풍경이지만 골치 아프고 속 시끄러운 사정들이 와글거리는 여기를 잠시 잊고 다른 시계가 걸린 동네를 헤매다 낯선 이의 뒷모습을 따라가보는 길, 그런 길들이 소설 속에 나 있다고 믿는 편이다. 소설은 어떤 풍경 속으로 우리를 끌어당기는 힘과 그 유혹에 이끌리는 욕망이 협업

하는 구성체라고도 생각한다. 정이현의 소설집, 단편 모음으로는 세번째인 이 책을 펼친다. 아주 멀리로든 근처 어디로든 떠날 준비는 됐고, 기대한다, 곧 이방인이 될 것이다.

결과부터 말해야겠는데, 이 소설들은 다른 어디로도 나를 데려다주지 않았다. "여전히 긴 오후가 남아 있"(p. 160)는 방 안에 나를 남겨놓았다. 아니, 바로 여기, '하트 모양'의 등을 끄면 "세상이 꽉 닫힌 어둠에 잠"(p. 227)기고 마는 이 세상의 밤으로, "파란 빛깔의 돔형 지붕이 이 세계를 뚜껑처럼 덮고 있는"(p. 67) 듯한 이곳에서 이상한 안도와 절망으로 "또다시 살아가기 위하여" "무거운 발걸음을"(p. 97) 떼는 오늘의 나에게로, 나를 끌어다 놓았다. "자신의 등을 떠미는 어떤 힘의 존재"(p. 159)가 그렇게 시켰다는 듯이 매일 열리는 시간을 무심히 자동적으로 처리하며 살아가는 내가 있는 풍경이 나타났다. 나는 이방인이 되지 못했다.

정이현의 소설이 당대의 세태에 밀착해 긴박감과 경쾌함을 더한다는 사실은 잘 알려졌지만, 이번 소설집은 세태와 밀접하되 이전의 분위기와도 좀 다르다는 것을 먼저 알려야겠다. 이 책의 맨 앞에서 만난 이는 월급은 적지만 공과금을 연체하진 않으며 최근 몇 년간 극적인 일 없이 살고 있다고 말하는 마흔 살의 남잔데, 그를 비롯해 여기 사람들은 대개 최대한 극적인 일 없이 살고 싶은 듯이 보인다. 껄껄 웃을 일도 껵껵 울 일도 자주 없고, 술독에 빠져 사는 이도, 사랑에 빠져 허우적

대는 이도 안 보인다. 두어 편을 제외하고는 배우자와 자식과 함께하는 가족 단위의 '생활'이 중심에 있는데, 그건 이들이 '생활'과 정면으로 맞서고 있다는 뜻이지 그 생활의 '낙'이라든가 '소중함' 같은 것을 강조한다는 뜻이 아니다. 환호도 탄식도 없이 이들의 소심한 생활은 다만 평정해 보일 수는 있을 것이다.

이것이 낯선 풍경은 아니지만 인간적으로 편안한 모습일 수야 없다. 사실 평정한 생활을 놀라게 할 만한 사건이 없던 게 아니다. 한밤중에 응급실에 데려간 고등학생 아이가 아기를 낳는 일도 있었고, 친부를 죽이는 음모에 가담했던 트라우마도 있다. 집을 사서 이사할 준비를 하느라 안팎으로 정신이 없고, 유치원에 적응 못 하는 아이 때문에 걱정도 크다. 유일하게 마음이 통했던 친구와 억지로 헤어지게 되거나, 아버지의 옛 여자에게 자신이 제일 친한 친구였음을 알게 되거나, 옛 애인의 부고를 사흘 지난 신문에서 보기도 한다. 다만 이런 사건들은 마치 "아무것도 아닌 것"처럼 어떤 소동도 일으키지 않는다. "미친 짐승처럼 소리를 지를 수도 있고, 딸을 부둥켜안고 목 놓아 통곡할 수도 있고, 창문을 열고 아래로 뛰어내릴 수도 있었"(p. 48)으나, 그들은 그렇게 하지 않는다.

어느덧 옛날얘기가 됐지만 2030 여성들의 삶을 날렵하고 경쾌하게 대변한다거나, 소비 사회의 환상적 욕망을 냉소한다거나, 혹은 붕괴할 것 같은 세계의 틈을 고발한다는 평을 듣던

정이현의 소설이, 이제 이토록 메마른 풍경으로 우리를 이끌고 가 어떤 얘기를 걸어오려는 것일까. 두번째 단편집『오늘의 거짓말』에도 파삭한 먼지바람 날릴 것 같은 세계에 대한 환멸은 옅지 않았다. 근 10년 만에 "상냥한 폭력의 시대"라는 제목으로 묶인 이 책에서 우리는 그사이 결혼하고 아이 낳는 시기를 거쳐 어느새 중년이 되어버린 그때 그 세대의 현재를 만나고 말면 될 뿐일까. 결과부터 말하면, 이 책을 펼치자 나는 내가 있는 풍경 속으로 들어왔는데, 아주 먼 세상을 헤맨 것보다 더 힘들고 더 아팠다.

한 겹 더 질긴 끈으로 삶에

이 메마른 풍경의 첫째 원인은 아무래도 정이현의 인물들이 전보다 나이 들었다는 데 있다고 해야 할까. 살아갈 날들이 살아온 날들로 옮겨가기가 수십 해 반복되다 보면, '세월'이라 불러도 되는 시간들에 그 단어에 값하는 숱한 일들이 쌓이기도 했을 것이다. 가까운 이들의 죽음이나 영원한 이별, 또는 남에게 설명하기 힘든 기괴한 경험 같은 것도 더러 겪었으리라. 인생의 모서리가 퍽 닳아서 세상살이에 길들여진 이들을 '기성세대'라 부르면 되려나. 이들은 사랑이 뭐냐고 물으면 "위급한 상황에 처했을 때 기꺼이 증언해줄 만큼의 작은 용기"(p. 85)라고 답할 것이다. 부부는? "대화가 없어도, 음악이 없어도, 라디오 소리가 없어도, 사랑이 없어도, 세상 모든 소리와 빛이 사그라진 곳에서도 어색하지 않은 관계"(p. 182). 청춘보다 좋은 점은? "간절할 필요가 없"(p. 221)다는 것. 잘하는 버릇은? "제삼자의 위치를 선점해버림으로써 당면한 문제에 대한 실무적 책임을 타인의 몫으로 넘겨버리"(p. 173)기. 만약 동창이 급작스럽게 상을 당했다는 연락이 오면? "빈소에 갈 시간을 내기가 애매"(p. 45)하다.

기성세대가 된다는 건, 세월과 함께 저절로 새겨지는 흔적이 아니고, 실패와 성장의 비장한 드라마와 함께 겨우 얻는 훈장도 아니다. 그건 이를테면 한국의 '부동산 시장' 같은 데를 통과하며 할퀴어진 흉터의 이름 같은 것. 「서랍 속의 집」의 '진'은 2년마다 전세금 마련에 지쳐 대출로 집을 사기로 결심하면서 이렇게 생각한다. "집을 산다는 것은 한 겹 더 질긴 끈으로 삶과 엮인다는 뜻이었다. 부동산은, 신이든 정부든 절대권력이 인간을 길들이기 위해 고안해낸 효과적인 장치가 분명했다"(p. 184). 공인중개사의 '요령 있는 교통정리'에 따라 시세보다 싸게 계약은 종료되고 부부는 "잘 살자"(p. 185)고 다짐했다. 그런데 이사 전날, 짐을 빼고 있을 새집에 가보았더니 그곳은 악취가 코를 찌르는 거대한 쓰레기장이었다. 어떻게 해야 할까? 사정을 알려주는 경비원 앞에서 진은 "필사적으로, 코 대신 귀를 막아야 한다고 생각"(p. 189)한다. 이미 결정된 일이고, "돌이킬 수 없는 트랙에 들어서버렸"(p. 184)기 때문이다. "그들은 여기서 살아갈 것이다"(p. 189).

이렇게 들어선 트랙을 10년쯤 돌다 보면 「아무것도 아닌 것」의 '지원'처럼 고등학생 아이의 부모가 되고, 그 아이가 불쑥 아기를 낳아도 제 가슴을 쿵쿵 때리며 "달라질 게 없었다. 돌려놓을 수 없었다"(p. 48)고 말할지도 모른다. 딸이 낳은 미숙아를 죽게 내버려두면서 딸에게는 "매일 하는 일의 귀중함에 대해 배워가야"(p. 66) 함을 가르치며 "거대한 뚜껑"(p. 67) 아래의 길 위로 다시 나설 것이다. 20년, 25년 돌다 보면 「밤의 대관람차」에서 만난 "지겹도록 천천히 늙어가는 생"(p. 141)에 이르게 될까. "세수를 하고, 간소한 화장을 하고, 간밤 끓여놓은 국에 밥을 말아 반 공기쯤 먹고, 이를 닦은 뒤, [……] 남편이 잠든 81제곱미터 아파트의 현관문을 열고 나서"는 '양'은 "자신의 등을 떠미는 어떤 힘의 존재"에 대해 한 번도 만용을 부리지 못했다(pp. 158~59). 옛 애인의 부고에도 누구나 죽는다는 사실을 되새기는 것 외에는 할 일이 없다는 듯이.

무서운 것도, 어색한 것도, 간절한 것도 '없어 보이는', 삶에 질기게 엮인 이 맛없는 생활들에 대해, 전부터 정이현의 인물들에게 자주 들이댔던 논평들, 가령 '자본주의적 욕망의 구조가 삶의 전적인 양식으로 체현된 인생'이라거나 '소비 사회의 속물적 이데올로기에 순응하는 주체들의 생활상'이라는 등의 말들을 또 대기는 좀 딱하다. 이 삶들은 더 이상 소비 사회의 욕망으로, 아니면 그 밖의 다른 어떤 '욕망'으로 추동된다기보다, 말하자면 "25년의 관성" 같은 것으로 움직이기 때문이다. 이 생활들은 아마도, "결정의 순간에 아무런 결단도 내리지 못하는 방식으로 결정해버리고, 전 생애에 걸쳐 그 결정을 지키며 사는 일이 자초한 삶의 방식"(p. 139)이라고 말해야 올바를 것 같다. 그리고 이 관성에 작용하는 힘들은, 오늘날 아무 데나 적어도 되는, 혹은 적으나 마나 한 말인 "자본주의적 구조"에서만 비롯된 것은 아니다. 이들이 느끼는 "자신의 등을 떠미는 어떤 힘의 존재"는 '소비'의 욕망보다 물론 다층적이다.

재현되고 냉소되고 지속되는

「안나」를 읽어보자. '경'은 뷰티클리닉을 운영하는 의사 남편과 유치원생 아들과 함께 살고 있다. 박사 학위를 갖고 있고 대학 강의 경력도 있지만 서른두 살에 결혼한 이후 전업주부로 지낸다. 아들의 영어유치원에서 8년 전 댄스 동호회에서 알았던 '안나'와 마주쳤다. 그때 이십대 초반이었던 안나는 유연하고 싱그럽게 춤을 추었고, 몹시 바빠 보였고, 경이 마음에 두었던 '대희'의 환심을 샀더랬다. 경은 유치원에 적응 못 하는 아이 문제로 보조 교사인 안나와 몇 차례 만나 마음을 터놓으면서, 안나의 팍팍한 삶을 연민하기도 한다. 하지만 그녀가

대회와 최근까지 사귀었다는 사실을 알게 되고, 아들의 부적
응에 대해 그녀의 위로를 받고, 결혼생활에 대한 불평을 자기
도 모르게 늘어놓게 되면서, 어느 순간 경은 안나에게 싸늘해
진 자신을 느끼게 된다.

이 소설에는 전에도 정이현 소설에 자주 등장하던 현대 도
시 여성의 세속성이 여실하다. 경제적으로 별 걱정이 없는
'경'은 서울이나 근교 신도시에서 아이 교육에 전념하는 고학
력 전업주부의 전형처럼 보인다. "같은 반 엄마들의 브런치 모
임"에서 "짐작보다 낮은 수준에 맞추어 수업이 진행되어 불만
이라는 이야기, 외부 예체능 강사들의 영어 실력이 수준 이하
라는 이야기, 점심 급식 메뉴에 소시지나 햄 종류가 많은 것
같아 걱정이라는 이야기 등"(p. 209)을 나누고, 학부모 모임 땐
모피를 입고 나가 "겨울만큼 옷을 통해 계급이 노골적으로 드
러나는 계절은 없을 것"(p. 205)이라 생각한다. 불이익 당하는
게 싫어 웬만하면 미안하다는 말은 하지 않고, '안나'에게도
"한번 그러면 계속 손해만 보며 살게 돼요"(p. 217)라는 충고를
아끼지 않는다. 유치원비를 환불받기 위해 "굳이 밝히고 싶진
않지만 아이 아빠의 절친한 친구 중에 공중파 방송국 보도본
부의 간부가 있으며, 자신의 사촌 중에는 대형 로펌의 변호사
가 있다고 나지막이 말"(p. 226)하는 정도의 음흉함도 있다.

이와 같이, 특히 '안나'와 대비적으로 드러난 경의 세속성
은, 그녀의 현재를 지탱하는 모럴moral이자, 결혼하여 아이를

키우며 살고 있는 기성세대의 한 모럴이라고도 할 수 있다. 여기엔 물론 자본주의적 계급의식만이 작용한 게 아니다. 예컨대, 경은 남편을 댄스 동호회에서 처음 만났으나 그는 "막 사랑에 빠진 자신의 여자친구가 일주일에 두 번이나 밤 시간을 취미 생활에 할애한다는 사실을 용납하지 못했"고 "어떤 남자라도 마찬가지"라고 주장했다. 경은 "기가 턱 막혔"지만 "남자들의 속성"이려니 하고 동호회의 연습에 나가지 않았다(p. 202). 물론 그 "결정은 경의 몫이었다"(p. 203). 경은 아직도 그때 무대에 오르지 못한 걸 아쉬워하지만, '경'의 현재는 남녀 성역할에 관한 남성 편의적 혹은 여성 경시적 모럴과 무관하지 않다.

경이 안나를 기억하고 안나와 멀어지는 과정에도 그녀의 모럴은 정확히 드러난다. 경은 "미소가 싱그러웠"던 안나를 소탈하고 시원시원한 젊은이로 기억하는 한편 "다만 박수를 받을 일이 나이뿐"인 젊은 여자가 밤마다 토킹 바에서 아르바이트한다는 소문을 마음에 반쯤은 담아두었던 것도 같다(p. 198). 다시 만난 안나에게 친밀감을 느낀 건, 늘 "괜찮아요"라는 말을 입에 달고 사는 그녀와의 만남이 편안했고, 경제적으로 어려운 안나의 좌충우돌 생활기로 "자신의 현실을 잠시 잊을 수 있었"(p. 218)기 때문이다. 안나의 위로를 받은 날 "안나 같은 이에게도 곧바로 들킬 정도"였다는 데 "생소한 불안감"을 느끼고(p. 220), "한번 바꿔 살아볼래요?"라는 농담에 안나의 뺨이 일그러지자 "선뜩한 느낌"에 빠진다(p. 221). 경은 오직 (기성) 세대적 우월감으로만 안나를 마주하고 싶었음을 알게 한다.

정리하자면 「안나」의 '경'은 이 시대 기성세대의 어떤 모럴을 드러내는 전형이다. 계급적으로 세대적으로 젠더적으로, 그 모럴은 동시대 세태를 대변하는 동시에 각 방면으로 얼마간 냉소되기도 한다. 단, 이 소설에서 경의 세속성은, 이전에 정이현의 인물들이 세계의 규율 혹은 체제의 억압에 대처하는 방식이라고 설명되었던 태도들과는 조금 구별되어야 할 것 같다. 정이현 소설의 어떤 세속성은 체제 혹은 시스템에 자발적으로 편승하는 '위장술'로서 불온해 보일 수 있었다. 어떤 욕망은 개인의 정신을 대체하는 풍속들로서 그 이데올로기적 허상의 폭로가 될 수 있었다. 한데 '경'의 세속성은 위장술이 아니라 호신술이고, 경의 욕망은 풍속의 안정된 질서보다는 자기 심리의 불안한 흐름을 따른 것처럼 보인다.

세속적 모럴이 이 사회의 이데올로기라는 환영과 분리되는 것은 아니지만 사회 구성원들에게 모럴이 정착된 데에 이데올로기의 작인만을 문제 삼으려는 건 순진한 생각이다. 이데올로기란 개인과 사회의 공모로 지어진 "허공에서 허공으로 이동하는 길"(p. 185) 같은 것이나, 그것이 개인의 삶을 주재하는 모럴이 된다는 사실만으로도 허상으로 폭로되고 말면 그만인 게 아니다. 이번 소설집에서 정이현의 인물들에게 체화된 모럴은, 무엇에 대해 비꼬고 비판하는 자리라기보다는, 차라리

자기 자신에 대해 한탄하고 고통스러워하는 자리를 상기시킨다. 이 자리를 두고는 '세상'과 '개인'을 가를 수 없으며 '시스템'의 양면을 대립시키기 어렵다. "이것은 커다란 도미노 게임이며, 자신들은 멋모르고 중간에 끼어 서 있는 도미노 칩이 된 것"(p. 179)을 다들 알아버렸으니까 말이다.

닫힌 세계와 욕망 너머의 공허

정이현은 원체 세속적 삶의 얄미운 '속물성'을 이야기의 제일 귀한 소재로 삼는 작가다. 이 사회의 속물성을 알아보는 확실한 원리는 '교환법칙'이고, '낭만적 사랑'을 점수와 등급의 치밀한 교환으로 환치해낸 첫 작품부터 그것은 그의 세계의 제일 원칙이었다. 교환법칙은 실상 현대인들의 심리와 행위의 전면에 직간접으로 작용하여 모든 소통과 관계에 전적으로 관여한다고 말해도 과언이 아니다. 갈수록 그것은 감추어지고 세련되기보다 노골적이고 뻔뻔해지는 것 같기도 하다(어쩌면 그것의 교묘한 은폐보다 솔직한 표현이 합리적일 때가 많아서일까). 정이현의 이야기들은 교환법칙에 장악된 불감한 세태를 속속들이 재현하는 한편 그 얄팍한 기만의 위태로움을 드러내는 데 소홀한 적이 없었다.

교환에 대해서라면 이제 "눈으로 확인하지 않아도 믿는 이들" 또는 "눈으로 확인하지 않아야 믿는 이들"(p. 165)이 된 기성세대의 생활은 그 면면이 이 시대의 세태이고 일상의 모럴이라 할 수도 있을 것이다. 그런데 이번 소설집에서는, 가령 두번째 소설집 『오늘의 거짓말』에서 이미 강렬했던 "파국에의 예감을 불러오는 불길한 틈새"(박혜경의 해설)가 이들의 삶을 이해하는 데 그때만큼 결정적이지 않은 것 같다. '파국에의 예감'은 교환법칙을 감춘 사회 표면의 질서가 곧 깨지리라는 불안감을 가리켰는데, 그 불안감은 곧 파국으로 이어지지 않고 불안한 채로 너무 오래 지나버린 듯하다. 예를 들면 「우리 안의 천사」에서 남우는 아버지를 죽이자는 이복형의 제안을 수락했지만, 이후의 결과는 10년이 지난 지금까지도 알지 못한다. 이들은 이제 "내가 잠시 한눈을 팔아도 세상에는 아무 일도 일어나지 않는다"(p. 97)고, 속죄와 구원을 기대할 극적인 파국은 여전히 유예 중이라고 생각한다.

그렇다면 이들의 생활은 '파국의 예감 이후'의 삶이다. 곧 파국으로 이어질 삶이 아니라 파국을 이미 품은 생활이다. 파국의 예감만 있었고 파국은 일어나지 않았다는 말인가? 아니, 이 모럴이 이미 파국이라고 해야 할 것이다. 달리 말하면, 이 소설집의 세계는 교환법칙을 위태롭게 감추고 있는 세태를 드러낸 한편, 그런 것이 이미 발각되었다 해도 공공연히 유지되는 모럴에 대해 이야기한다. 이 시대 기성세대의 모럴, 이를테면 '혐오감을 불쾌감으로 대체'하는 것, '부도덕한 것은 아니다. 합법적이니까'라는 변명으로 자행되는 일상의 질서, 그런 것이 이미 실행 중인 파국의 양태가 아닐까. "상냥한 폭력의 시대"는 곧 '파국의 예감 이후'의 시대, 모럴의 파국이 아니라 파국의 모럴을 품은 세태일 것이다.

때문에 이 세태를 구성하는 '기성세대의 생활'은, 교환법칙의 원리라기보다 교환법칙도 멈춘 자리에 들어선 '관성'으로 굴러간다고 했던 것이다. 교환법칙이란 "터널 안에서 일어난 연쇄추돌사고"(p. 103)와 비슷한 것이어서 그것이 작동하는 세계를 닫힌 원이 되게 한다. 교환법칙이 멈춘 자리에 '관성'이 작용했다고 했지만, 그것이 교환법칙을 완전히 무력하게 만드는 능력일 리는 없다. 관성이란 교환법칙을 벗어나서 생겨난 성질이 아니고, 그것을 거스른 후에도 여전히 그렇게 작동하는 성질일 테니 말이다. 그러니 관성의 생활은 닫힌 세계 안의 것이고, 닫힌 세계에서 움직이는 힘은, 불가불 공허하다. 모든 가치를 소비 사회의 등급과 수치로 환산하는 교환법칙에 지배되는 욕망도 공허하지 않을 수 없지만, 교환법칙을 거스른 욕망을 안고 가는 관성의 생활도 공허하긴 마찬가지다. 다만 이 공허는 욕망의 공허가 아니라 욕망 너머의 공허라고 해야 할까.

타자성과 관성

정이현의 소설에서 이 세계의 원리를 교환법칙으로 보았다는 얘기는, 거기에 순응하거나 냉소하거나 이 세계의 안에 서 있지, 이 바깥의 다른 세계를 상상하는 주체를 세우지는 않는다는 뜻이다(소설 이후에, 즉 그의 이야기를 읽은 효과로서 그런 주체가 생겨날 수 있지만 그의 이야기 속 인물들은 그런 주체가 아니다). 이 관성의 삶을 지탱하는 주체는 어떠한가. 교환법칙이 한 번 멈추었던 지점을 지나온 그는, 순응도 냉소도 아닌 채로 그저 무언가를 견디는 주체인 듯하다. 어떤 '공허'를 가지고, 어떤 '결핍'을 품은 채로, 그는 이 닫힌 세계를 버티는 것처럼 보인다. 그리고 이때, 이 버티는 주체들에게서 교환법칙의 세계로 귀속되지 않는 어떤 구멍이랄까, 어떤 '넘어섬'을 생각해보게 된다.

이게 무슨 말인가. 관성으로 생활하는 기성세대의 공허한 삶이 무엇을 버티고 넘어선다는 말인가. 관성이 교환법칙을 거스른 자리에서 작동한다는 얘기는, 교환법칙이 사라지고 관성이 생겼다거나 교환법칙의 외부에서 관성을 얻었다는 뜻이 아니다. 그건 모든 것이 교환의 원리로 포섭되는 이 세계에 그 원리가 무의미한 때가 있는데, 바로 '그때(부터)' 다시 삶을 움직이는 힘을 관성이라 부른다는 뜻일 터이다. '그때'가 바로 교환법칙 위에 위태롭게 세워진 질서, 즉 체제라거나 시스템이라거나 하는 것의 틈새가 내비치는 순간이고, 관성의 생활은 '그때(부터)', 즉 위태로운 체제의 틈새가 이미 폭로된 이후의 일이다. 그렇다면 '그때'가 언제란 말인가.

그건 아마도 삶의 운동에 '죽음'이 끼어드는 때가 아닐까. 교환법칙을 거스른 자리를 교환의 '타자성'이라고 한다면, 교환이라는 사건의 주체를 비우는 죽음 또는 부재는 그 타자성의 대표일 것이다. 이 소설집의 모든 이야기에는 누군가의 죽음 또는 영원한 이별이 꼭 포함되어 있고, 관성의 생활은 대개 그것과 관련이 있다는 느낌에 대해 얘기해보자. 「밤의 대관람차」에서 '양'은 25년 전 '박'과 헤어진 후의 생활을 "25년의 관성"(p. 139)이라고 표현했다. 양은 25년 만에 어떤 남자와 박을 비교해보기도 하고 25년 만에 술에 취해보기도 했지만, 25년 만에 알게 된 박의 소식, 그가 죽었다는 소식이, 그녀가 앞으로 또 몇 년의 관성을 더 이어가게 할지는 알 수 없다. 다만 그녀가 "최후의 문장이 누구의 것이든 애도는 남아 있는 자의 의무"(p. 160)라고 생각할 때, 이어질 관성의 삶에는 애도의 의무가 지워져 있을 것이다.

「우리 안의 천사」에서 커플은 서로의 동거인이 되어서도 '생활비에 관한 애당초 원칙'과 관련해 이해타산적인 트러블들을 겪으며 헤어질 결심도 하곤 했는데, 친부 살해 계획을 실행에 옮긴(것으로 추정되는) 날이자 '남우'의 개 애니를 화장한 날 "이제 우리는 어떻게 해도 헤어질 수 없는 사이가 되어버렸다는 것을 알았다"(p. 93)고 말한다. 그날 이후 곧바로 '미지'는 임신을 했고 결혼을 했고 또 쌍둥이들이 태어나면서 "관성의 법칙"(p. 95)으로 내리막길을 달려가듯 지내왔다. 저 죽음과 관련하여 아무 일도, 어떤 파국도 없었지만, 이들의 관성적인 생활은 "평화로워 보이는 풍경"(p. 96)일지라도 이미 '단죄'이고 파국이다. 지금부터 "또다시 살아가기 위"한 "무거운 발걸음" 역시도 "속죄와 구원" 없는 이 사악한 세계를 버티는 몸짓이라 해야 할 것이다(p. 97).

죽음 또는 부재를 품고서 공허를 견딘다는 것에 대해 생각하며 「영영, 여름」을 읽으면 못 견디게 쓸쓸하지만 서러운 다짐이 들기도 한다. 20년 전의 어린 날 유일하게 진심을 주고받았던 '노스 코리아' 국적의 '매희'와 이별한 후, '나'는 영영 "침묵만이 남은 미래"에 남겨졌다. 어떤 비밀들을 다 알진 못해도 '매희'는 그때 이후 '나'의 삶을 지탱해주었을 영원한 친구다. '친구'란 언제나 나 자신이 될 순 없는 타인이지만 영영 잊을 수 없는 여름의 기억처럼 영원히 내 안에 살아 있는 나이기도 할 것이다. 이걸 다르게 말해보면, 타자는 내 바깥이 아니라 내 안에서 만날 수 있고, 그렇다면 교환법칙의 타자성 역시도 교환법칙의 바깥이 아니라 교환법칙의 안에서 만난다고 할 수 있지 않을까. 이 말은, 세계의 질서를 벗어나기 위해선 질서의 외부로 나가야만 하는 게 아니라 내부의 타자를 직시

해야 한다는 말과도 다르지 않다. '매회'에게 전해졌을지 아닐지 모를 나의 선물, "아무래도 변하지 않는"(p. 129) 나의 진심은 무엇으로도 교환되지 않은 채 몇 계절이 흘러도 그 여름에 남아 있지만, 그 여름을 영영 기억하는 나에게 계절의 일방적인 흐름은 유일한 질서가 아닐 것이다.

정이현이 그린 세계들에는 거기 살고 있는 인물들로서도 혹은 작가 자신으로서도 반드시 믿고 의지하는 어떤 '가치'가 별로 내세워져 있지 않다. 믿고 의지하지 않았으므로, 따르는 척 위장했을 때도 무시하는 척 냉소했을 때도, 어떤 것을 '강하게 비판'하는 거라 여겼다면 그건 독자의 자유였다. 최소한 이야기 속의 인물들은 무엇을 원하(는 척하)거나 무엇을 미워하(는 척하)는지 스스로 모르는 채 쉼 없이 흐르는 잔인한 세월을 지나온 게 아니었을까. 그들은 어떤 원리와 어떤 연유로 이 바깥을 알 수 없는 세계에 던져졌는지 모른 채 다만 평정을 가장하며 살아가는 사람들이다. 체제가 이용하는 교환법칙의 질서이든 그것보다 복잡하게 우리 모두 공모한 이 시대의 모럴이든, 오직 세계의 안쪽에서 복닥거리다 어느 쪽으로든 또 다음 발을 내딛으려는 이들이, 이 질서와 모럴을 옹호하거나 긍정한다고 할 수는 없으나, 다른 질서와 다른 모럴을 꿈꾸는 일에 회의적이라는 것은 그보다 더 확실할지도 모른다. 실천가도 이론가도 아닌 채로, 실은 작가도 독자도 아닌 채로, 이 기성세대 생활인들은 다만 질서 안의 결핍을, 욕망 너머의 공허를, 관성처럼 밀고 나가고 있다.

'상냥한 폭력'에서 '폭력을 건너는 상냥함'으로

이번 소설집에서 정이현이 그린 이 세계는 누구에게나 무
차별적으로 닫힌 세계라는 점에서 이미 '폭력적'이나, 소설
속 인물들이 최소한 평정을 가장할 수 있다는 점에서 '상냥한
폭력'이 된 건지도 모르겠다. 이 닫힌 세태의 재현은 그 자체
로 '상냥한' 폭력을 파헤치는 일이고, 또한 역으로 세태의 '폭
력적'인 모럴을 검증하며 동시에 조정을 요구하는 일도 된다.
이 책의 맨 앞에 실린 「미스조와 거북이와 나」는, 이 책의 다
른 소설들과 약간 다른 결로써 '상냥한 폭력의 시대'의 일면을
재현하고 동시에 이 시대 모럴의 전환 또는 이형(異形)의 모럴
을 생각해보게 하는 소설이다. 이 소설을 통해 '상냥한 폭력의
시대'를 건너는 길을 간단히 살핀 후에 마지막 문단을 쓰기로
한다.
'나'는 "죽은 아버지의 옛 여자"(p. 13)인 '미스조 여사'와 몇
해 전부터 다시 알고 지냈는데 갑자기 그녀의 부고를 받고 얼
떨결에 상주 노릇까지 하게 된다. 장례식장에서 내가 그녀에
게 "제일 친한 친구"(p. 22)였음을 알게 됐고, 그녀의 유언대
로 그녀가 키우던 거북이를 데려와 함께 살게 되었다. 아는 사

람 중에 가장 친절한 사람이었던 미스조의 죽음은 '나'에게 생각보다 큰 변화를 주었는데, 고양이 인형 '샥샥'과 살 땐 희미하게나마 세계와 이어져 있다고 느꼈으나, 살아 있는 거북이 '바위'까지 함께 살게 되자 "반드시 세계와 내가 이어져 있어야 할 필요는 없다"고 느끼게 된 것이다. "샥샥은 샥샥의 속도로, 나는 나의 속도로, 바위는 바위의 속도로" 살아가고 또 소멸해갈 것임을 생각하며 눈물 흘릴 때, '나'는 살아 있음을 통해 소멸을 의식하고 그로써 세상과의 관계 또한 전과 다르게 생각하게 된 것이리라(p. 33). 세계와 내가 굳이 같이 가기보다 저마다 각자의 속도로 가는 것이 '폭력의 시대'를 건너는 좀더 '상냥한' 방법이 될 수는 없을까. 나는 이 소설의 마지막 장면을 이 책의 맨 끝에 놓고 싶다.

살아갈수록 더 질기게 엮여 들어가는 느낌이, 삶에 밀착하여 인생을 끌고 가는 건지, 삶에 잡아먹혀 인생이 끌려가는 건지, 대개 후자일 때가 더 많아서 이 책에서 만난 이들의 목소리엔 비판과 자성의 질책이 아닌 메마른 한숨과 무거운 공허가 실렸던 것이겠다. 이 이야기들에서 즉각 목도되는 이런저런 세속성의 사회학적 의미를 새겨보는 재미만큼이나, 그것이 이미 어떤 공허를 껴안은 시대의 딜레마임을 이해하는 공감도 동시대·동세대 독자들의 행운일 것이다. 안팎으로 복작거리는 생활의 현실은 잠시 제쳐두고 소설책을 펼쳐 다른 세계의 여행자가 되고 싶었던 (나와 같은) 독자라 해도, 여행자들이 얻는 힘을 이 이야기들 속에서 얻느라 먼 데를 돌아다닌 듯 고달 팠나 보다. 삶에 얽이는 세월을 지나면서는, 누구는 질서를 버티고 누구는 공허를 버티는 것이 아니라, 또는 무력한 사람이 있고 용감한 다른 사람이 있는 것이 아니라, 모두 무언가를 버티면서 용감해지기를 원하다 다시 무력해지기를 거듭하는 것이리라. 그 세상살이의 저주를 이해하고 또 이겨보려고 우리는 '세상 속의 사람들'을 만나러 세속의 작가가 들려주는 이야기 책을 또다시 펼치고 그 속으로 들어가보고야 만다.

작가의 말

세번째 소설집을 묶는다.

9년 만이다.

단편을 쓰지 못하던 긴 시간들이 거기 포함되어 있다.

다른 것을 쓰고 있어도 단편을 못 쓰는 동안에는 불안하고 막막했다.

그것을 지나왔다. 지금은.

여기 일곱 편의 단편이 모여 있다.

그러니 이 책은 그 지나왔음에 대한, 내가 어디론가 움직이고 있었음에 대한 작은 증거다.

동시대인의 보폭으로 걷겠다는 마음만은 변한 적이 없다.

이제는 친절하고 상냥한 표정으로 상처를 주고받는 사람들의 시대인 것만 같다.

예의 바른 악수를 위해 손을 잡았다 놓으면 손바닥이 칼날에 쓱 베여 있다. 상처의 모양을 물끄러미 들여다보다가 누구든 자신의 칼을 생각하게 된다.

그런 시대에 살아가는, 나와 빼닮은 그들을 이해하려 노력할 수밖에 없다. 쓸 수밖에 없다. 소설로 세계를 배웠으므로, 나의 도구는 오직 그뿐이다.

마감 기간에 일상은 자주 엉망이 되곤 했다.

책의 원고를 정리하는 사이 계절이 극적으로 바뀌었다. 내일은 뒷문이 우그러진 지 두 달째인 자동차를 정비공장에 데려갈 것이고, 옷장 구석구석 처박힌 반소매 옷들을 착착 개어 깊숙이 집어넣을 것이다. 보고 싶은 사람들에게 안부 메시지를 보낼 것이고, 인터넷서점 장바구니에 담긴 여러 권의 책들을 결제할 것이다.

또 어떤 것들이 앞에 놓여 있을지 가늠되지 않아도
숨을 한번 고르고
먼 길을 다시 간다.

2016년 10월
정이현

수록작품 발표지면

미스조와 거북이와 나 『문학사상』 2016년 4월호

아무것도 아닌 것 『문학과사회』 2013년 겨울호 (발표 당시 제목_「뚜껑」)

우리 안의 천사 『창작과비평』 2015년 여름호

(발표 당시 제목_「천사는 날개를 달고 오지 않는다」)

영영, 여름 『문학동네』 2014년 여름호

밤의 대관람차 『THE CLOSET NOVEL——7인의 옷장』(문학과지성사, 2014)

(발표 당시 제목_「상자의 미래」)

서랍 속의 집 『현대문학』 2016년 5월호

안나 『현대문학』 2015년 2월호